1,00 €

C 13

COLLECTION FOLIO

Reiser

On vit une époque formidable

Albin Michel

LE SALON DU BRICOLAGE

OU METTRE LES ORDURES ?

C'EST PEUT-ÊTRE LE DERNIER 31 DÉCEMBRE QU'ON FÊTE DANS LA JOIE...
PAR LES TEMPS QUI COURENT...
FAUT EN PROFITER
ALLEZ, BOIS UN COUP, ON NE SAIT PAS CE QUE VA NOUS APPORTER LA NOUVELLE ANNÉE!
JE REPRENDS DE LA DINDE
ON VA À LA CATASTROPHE
ON ATTEND QUELQUE CHOSE
UNE GUERRE? UNE CATASTROPHE? UNE CRISE ÉCONOMIQUE?
MAIS PERSONNE NE SAIT CE QUI VA NOUS TOMBER SUR LA GUEULE!
ÇA VA PAS ÊTRE JOLI... ÇA ME RAPPELLE 38...
ÇA METTRA DE L'ANIMATION, ON COMMENÇAIT À S'ENNUYER...
L'AN PROCHAIN, À CETTE DATE, ON SERA MORT, ENFERMÉ DANS UN CAMP OU CHÔMEUR!...
DANS LE MEILLEUR DES CAS, ON NE POURRA PAS ÊTRE PLUS HEUREUX QUE MAINTENANT!
ALORS, PROFITONS-EN!
OUI OUI!
SAOULONS-NOUS LA GUEULE COMME ON NE L'A JAMAIS FAIT!
FAUT SE DÉFONCER À MORT!
DU CHAMPAGNE DU CHAMPAGNE
ET À MINUIT, TOUS À POIL!

ALLEZ HOP
JE DONNE L'EXEMPLE!
BRAVO!
CETTE ANNÉE SERA PLACÉE SOUS LE SIGNE DE LA PÉNURIE...
ALLEZ GERMAINE, À POIL
J'OSE PAS, J'AI PAS ASSEZ BU...
...ET DU SEXE!
ALLEZ GERMAINE...
BOIS UN COUP POUR TE DONNER DU COURAGE
T'AS ASSEZ BU, MAINTENANT
À POIL, GERMAINE!
JE SUIS TROP GROSSE...
SI TU CROIS QUE JE FAIS DES COMPLEXES, MOI!
À POIL! À POIL! À POIL! À POIL!
JUSTE LES SEINS ALORS...

À POIL
À POIL
À POIL
BRAVO!!!
ET MAINTENANT... ORGIE GÉNÉRALE!
BRAVO!
BRAVO
BRAVO!
ON NE RESPECTE PLUS RIEN!
L'ANNEE PROCHAINE ON SERA PEUT-ÊTRE MORTS!...
AUX CHIOTTES LES LIENS DU MARIAGE!
BZZZZZ
ROUMFF.
GLOUÎÎÎK

BZZZZZZ
BZZZZZZZ
BZZZZZZZZ
BZZZZZ
Y'A ÇA QU'EST TOMBÉ DE VOTRE FENÊTRE...
OH, ÇA VIENT PAS DE CHEZ NOUS!...
REISER

NON AUX S
ESPACES VERTS!

C'EST PAS QU'ON N'AIME PAS LES JEUNES...
C'EST EUX QUI NE NOUS AIMENT PAS
ILS DISENT QU'ON EST VIEUX, MOCHES ET BÊTES
ET EUX, JEUNES, BEAUX, INTELLIGENTS
C'EST PEUT-ÊTRE VRAI...
ET ÇA NE NOUS FAIT PAS PLAISIR
POURTANT ON ESSAYE D'ÊTRE DANS LE COUP
HOLÀ, OUI
NOUS AVONS DES PLAISIRS "JEUNES". NOUS AIMONS COURIR SUR UNE PLAGE, CHEVEUX AU VENT...
SEULEMENT, MOI, J'AI DES VARICES
ET MOI, UN INDÉFRISABLE À 70 FRANCS
ILS DISENT: « VOUS NE CONNAISSEZ RIEN DE LA VIE »
EH BEN, ET L'OCCUPATION, ALORS! LES CARTES DE RATIONNEMENT
MOI, CINQ ANS PRISONNIER
« VOUS N'ÊTES JAMAIS SORTIS DE VOTRE TROU... »
ALORS, ON VOYAGE...

ON FAIT VENISE, L'AUVERGNE, DJERBA, LES DOLOMITES
ILS DISENT QU'ON EST RIDICULES AVEC NOS SHORTS ET NOS APPAREILS PHOTO
ON ESSAIE D'ÊTRE LARGES D'ESPRIT
ON VA VOIR DES PORNOS
ET QUAND ON FAIT DES PARTOUZES, ILS DISENT QU'ON EST OBSCÈNES
POUR LUTTER CONTRE LE PATRONAT, ON SE SYNDIQUE
LES JEUNES OUVRIERS RICANENT
ILS SE FICHENT DE NOUS QUAND ON DEMANDE LA RETRAITE À 60 ANS
CINQ ANNÉES DE PLUS POUR PÊCHER À LA LIGNE ET SAVOURER SES PANTOUFLES, C'EST QUELQUE CHOSE POURTANT...
C'EST PAS NOTRE FAUTE SI ON EST GRAS...
ON EST OBLIGÉS DE SE CACHER POUR FAIRE DU SPORT
ALORS, COMME LES JEUNES NE NOUS AIMENT PAS, NE NOUS COMPRENNENT PAS...
NOUS MÉPRISENT, NOUS IGNORENT
LE SEUL MOYEN D'ÊTRE PRÈS D'EUX...
C'EST DE LES EXPLOITER...
ON PLACE NOS PETITS SOUS DANS UN COMMERCE
ILS NOUS CASSENT NOS CARREAUX...

ALORS, ON EST BIEN FORCÉS D'ÊTRE ARMÉS !
REISER

LES RICHES ET LES PAUVRES
QUAND LES RICHES MANGEAIENT DU POULET TOUS LES JOURS, C'ÉTAIT DU LUXE
QUAND LES PAUVRES MANGENT DU POULET TOUS LES JOURS, C'EST DÉGUEULASSE.
ENCORE DU POULET AUX HORMONES
ON NE TROUVE PLUS QUE ÇA

QUAND LES RICHES AVAIENT UNE AUTO, C'ÉTAIT UN ÉVÉNEMENT
QUAND LES RICHES ALLAIENT AUX BAINS DE MER, C'ÉTAIT UNE CURIOSITÉ.
QUAND LES RICHES SE DROGUAIENT, C'ÉTAIT PITTORESQUE.

QUAND LES PAUVRES ONT UNE AUTO, C'EST UNE CALAMITÉ.
QUAND LES PAUVRES VONT AUX BAINS DE MER, C'EST UNE INVASION.
QUAND LES PAUVRES SE DROGUENT, C'EST UN FLEAU NATIONAL

QUAND LES RICHES PRENNENT L'AVION, C'EST PRESTIGIEUX.
QUAND LES RICHES FONT DU SKI, C'EST SUBLIME
QUAND LES RICHES SONT RICHES, ILS ONT DE LA CLASSE

QUAND LES PAUVRES PRENNENT L'AVION, C'EST LA COHUE
QUAND LES PAUVRES FONT DU SKI, C'EST BASSEMENT COMMERCIAL.
QUAND LES PAUVRES SONT RICHES, C'EST DES "PARVENUS"

MORALITÉ :
FAUT MUSELER TOUS LES PAUVRES...
... POUR QU'ILS NE NOUS COPIENT PLUS.
FAUT TUER TOUS LES RICHES, COMME ÇA, ON N'AURA PLUS ENVIE DE LES COPIER.
AUX DERNIÈRES NOUVELLES ON EN EST TOUJOURS LÀ.

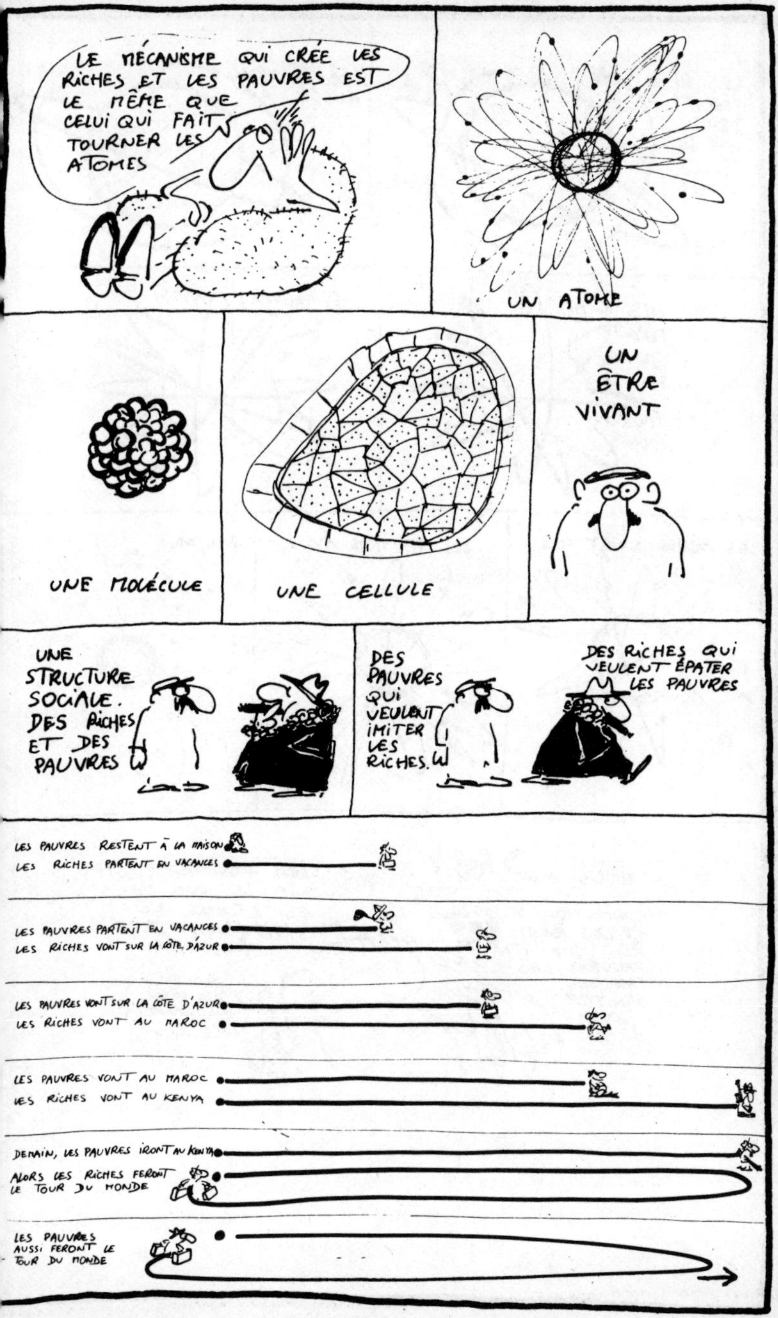

LE MÉCANISME QUI CRÉE LES RICHES ET LES PAUVRES EST LE MÊME QUE CELUI QUI FAIT TOURNER LES ATOMES
UN ATOME
UNE MOLÉCULE
UNE CELLULE
UN ÊTRE VIVANT
UNE STRUCTURE SOCIALE. DES RICHES ET DES PAUVRES
DES PAUVRES QUI VEULENT IMITER LES RICHES.
DES RICHES QUI VEULENT ÉPATER LES PAUVRES
LES PAUVRES RESTENT À LA MAISON
LES RICHES PARTENT EN VACANCES
LES PAUVRES PARTENT EN VACANCES
LES RICHES VONT SUR LA CÔTE D'AZUR
LES PAUVRES VONT SUR LA CÔTE D'AZUR
LES RICHES VONT AU MAROC
LES PAUVRES VONT AU MAROC
LES RICHES VONT AU KENYA
DEMAIN, LES PAUVRES IRONT AU KENYA
ALORS LES RICHES FERONT LE TOUR DU MONDE
LES PAUVRES AUSSI FERONT LE TOUR DU MONDE

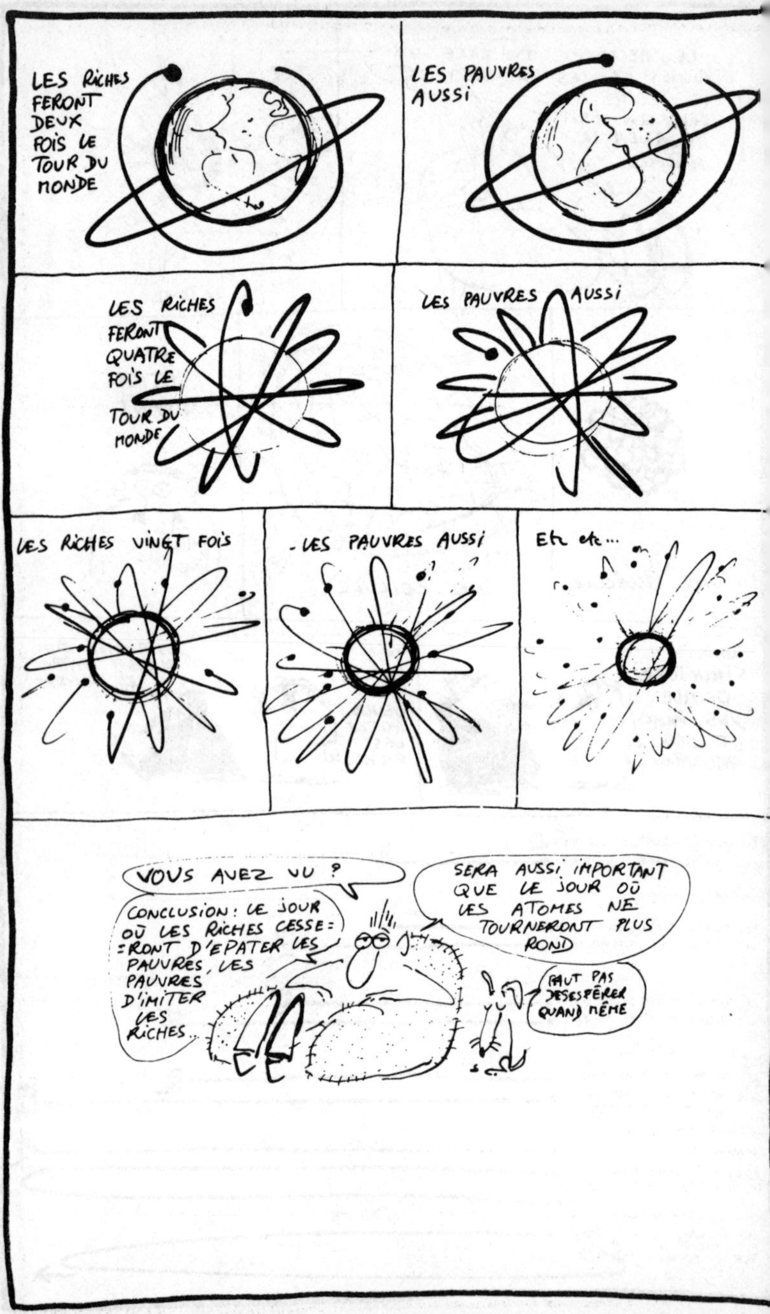
LES RICHES FERONT DEUX FOIS LE TOUR DU MONDE
LES PAUVRES AUSSI
LES RICHES FERONT QUATRE FOIS LE TOUR DU MONDE
LES PAUVRES AUSSI
LES RICHES VINGT FOIS
-LES PAUVRES AUSSI
Etc etc...
VOUS AVEZ VU ?
CONCLUSION : LE JOUR OÙ LES RICHES CESSE=
=RONT D'EPATER LES PAUVRES, LES PAUVRES D'IMITER LES RICHES...
SERA AUSSI IMPORTANT QUE LE JOUR OÙ LES ATOMES NE TOURNERONT PLUS ROND
FAUT PAS DESESPÉRER QUAND MÊME

LES RICHES BRONZENT
LES PAUVRES ATTRAPENT DES COUPS DE SOLEIL
QUAND LES RICHES VONT LOIN EN BATEAU, ILS GAGNENT DES COUPES
REGATES
QUAND LES PAUVRES VONT LOIN, ILS SE FONT ENGUEU: :LER PAR LE C.R.S
LES RICHES ONT PLEIN DE PLACE
LES PAUVRES ONT PLEIN DE GOSSES

LES GOSSES DE RICHES APPRENNENT UNE LANGUE ETRANGERE
JA JA
LES GOSSES DE PAUVRES VOMISSENT EN VOITURE
QUAND IL PLEUT, LE GAZON DES RICHES EST PLUS BEAU.
QUAND IL PLEUT, LE GAZON DES PAUVRES DEVIENT UN TAS DE BOUE
EN PLUS DE TOUT ÇA..
APRÈS LES VACANCES, LES RICHES SONT ENCORE PLUS RICHES
ET LES PAUVRES ENCORE PLUS PAUVRES.
ET IL Y A ENCORE LE PÉAGE À PAYER
REISER

LETTRE QUI A ÉTÉ LUE AU SYNODE.

Cher Paul 6

Mon église est vide, mes enfants de cœur sont pédés, mon bedeau est communiste, ma femme m'a quitté

mes cierges sont rances, les corneilles du clocher ont la myxomatose, puis-je me flinguer ?

LES CURÉS VONT MANQUER...

RESULTAT DU SYNODE : LES CONS N'IRONT PLUS AU CIEL

SAUVÉS!
LE PAPE INVENTE LE MOTEUR À EAU BÉNITE
TEUF
TEUF
PSCHIII
TCHOUFF
TCHOUF

43% DE FRÉQUENTATION EN MOINS DANS LES ÉGLISES
Y'A QU'A TRANSFORMER LES ÉGLISES EN PISCINES, ELLES S'Y PRÊTENT ADMIRABLEMENT
VOUS IMAGINEZ LES RAYONS DU SOLEIL TRAVERSANT LES VITRAUX ET PLONGEANT DANS L'EAU?
FÉERIQUE
N'EMPÊCHE, ILS N'ÉTAIENT PAS CONS LES GUS DU MOYEN ÂGE, C'EST PAS AUJOURD'HUI QU'ILS FERAIENT DES PISCINES AUSSI CHOUETTES
LE BAIN DE MINUIT À LA LUEUR DES CIERGES?
DÉMENT

LE PIED !
UN PETIT COUP D'ORGUE ENTRE DEUX BAIGNADES...
ON RAJOUTE UN PEU DE MAÇONNERIE À L'ENTRÉE ET UNE PETITE ÉGLISE VOUS DONNE UN BASSIN DE 33m X 15m
ON TRANSFORME LA SACRISTIE EN CHAUFFERIE POUR L'HIVER, ON BRÛLE LES PRIE-DIEU AU DÉBUT, ENSUITE CHACUN APPORTE SA BÛCHE
ON N'AURA PLUS DE BIGOTES, C'EST PAS GRAVE, C'EST DES JEUNES QU'IL NOUS FAUT !
UN CURÉ QUI A DES COUILLES AU CUL A DES MOBYLETTES DEVANT SON ÉGLISE
PISCINE St BENOÎT
ET LA MESSE ?
Y'EN A PLUS
ÇA EMMERDAIT TOUT LE MONDE
MOI, J'Y ALLAIS !
VOUS ÉTIEZ LA SEULE
MAINTENANT, VOUS ÊTES LA SEULE À NE PAS SAVOIR NAGER...

QUAND EST-CE QU'ON PARLE DU BON DIEU ?
PENDANT LES LEÇONS DE NATATION
JÉSUS
MARIE
JÉSUS
MARIE

OFFICIEL :
IMPÔT SUR LES BECS DE LIÈVRE
F'EST INVUFTE!
IMPÔT SUR LES DENTIERS
JE PASSE À TRAVERS
IMPÔT SUR TOUT CE QUI DÉPASSE
FAUT QUE J'AILLE CHEZ LE COIFFEUR

CLIMAT SOCIAL :
IL VA SE PASSER QUELQUE CHOSE...
MAIS QUOI?
J'AI BEAU LIRE L'EXPANSION VIE FRANÇAISE, LES PAGES BOURSIÈRES,
JE NE VOIS PAS
Y'A QUE PÉPÉ QUI PEUT SAVOIR
LUI SEUL A LE NEZ POUR ÇA
SOUVIENS-TOI DE MAI 68, IL L'AVAIT PRÉVU
IL A UN NEZ EXTRAORDINAIRE!

EMMENONS PÉPÉ DEVANT LES LYCÉENS EN COLÈRE
DEVANT LES GRÉVISTES DES BANQUES
CRÉDIT LYONNAIS
DEVANT L'USINE FORD DE BORDEAUX OCCUPÉE
FORD
... L'USINE SEMM CARAVELAIR À St NAZAIRE OCCUPÉE
NOS SALAIRES
DEVANT LES HOUILLÈRES DE LORRAINE
VIVE LA GRÈVE GÉNÉRALE
DEVANT L'EDF GDF
GRÈVE
ALORS, PÉPÉ ?
SNIF SNIF
ÇA SENT MAI 68...
LA FRANCE EST CALME, SE PASSERA RIEN DU TOUT !
TU CROIS QU'IL A RAISON ?
EN MAI 68, IL AVAIT TOUT PRÉVU
OUAIS, J'AVAIS TOUT PRÉVU ET TOUT DIT !
CES DEUX SALAUDS SE SONT TIRÉS EN SUISSE AVEC TOUT LE FRIC
LES DOMESTIQUES EN CAVALE
J'AI CHIÉ SOUS MOI PENDANT TROIS SEMAINES !

CETTE FOIS, AU MOINS, SI LE BORDEL REVIENT, J'AURAI QUELQU'UN POUR ME TORCHER LE CUL !

ON POSE DES BOMBES
POUR N'IMPORTE
ET LES CONTRAVENTIONS
ON VIT UNE ÉPOQUE FORMIDABLE, NON ?
UN PETIT CRÉNEAU, ET HOP!
NOUS, ON N'A RIEN VU

UN PEU PARTOUT
QUEL MOTIF,
AUGMENTENT...
ET TOUJOURS PAS DE PLACE POUR SE GARER
ON VA PAS S'EMMERDER
UN PETIT PAIN DE PLASTIC, UNE MECHE
L'ALLUME-CIGARE
BOUM

ET POURTANT, C'EST NOTRE BAGNOLE
ON NE VEUT PAS D'HISTOIRES AVEC LES AUTOMOBILISTES
ON N'A RIEN VU, HEIN, MAMAN ?
NON, NON, PAS D'HISTOIRES AVEC LES VOYOUS

NOUS, ON N'A RIEN VU
NON, NON, PAS D'HISTOIRES AVEC LA POLICE !
J'AI RIEN VU, HEIN?
JE NE VEUX PAS D'HISTOIRES AVEC MA CONSCIENCE

OPÉRATION COUP DE POING DANS LE MÉTRO
C'EST LE MONDE À L'ENVERS...
FIFILLE EST PARTIE TROIS MOIS EN STOP EN TURQUIE, EN AFGHANISTAN, IL NE LUI EST RIEN ARRIVÉ
MAMAN PREND LE MÉTRO UN SOIR POUR RENTRER DE CHEZ SA SŒUR...
ELLE SE FAIT CASSER LA GUEULE, VOLER SON SAC !...
CESSE DE TE MOQUER DE MOI !

ATTENDS TES PROCHAINES RÈGLES POUR RIGOLER... IL Y A PEUT-ÊTRE UN MORICAUD À LA CLEF, TU NE NOUS AS PEUT-ÊTRE PAS TOUT DIT !
MÊME CHOSE POUR TOI! DIS-DONC! TU NE NOUS AS PEUT-ÊTRE PAS TOUT RACONTÉ NON PLUS... T'AS PEUT-ÊTRE ÉTÉ VIOLÉE AUSSI PAR UN MORICAUD COMME TU DIS... ET LA MÉNOPAUSE ARRIVE TARD, AUJOURD'HUI !...
ON VIT UNE ÉPOQUE FORMIDABLE !

CONTRE L'INFLATION :
LICENCIEZ LES C.R.S !
LE PREMIER QUI ME TOUCHE !...
PRESSE
PRESSE NORMALE
PRESSE POURRIE

LE PREMIER QUI CASSE MA VITRINE...
POLICE
NOS SALAIRES
ÇA SENT LE HACHISCH

EXISTE-T-IL DE
J'AI JAMAIS VOULU FAIRE CE METIER
QUAND J'ÉTAIS PETIT, JE VOULAIS ÊTRE EXPLORATEUR
QUAND JE SUIS DEVENU GRAND, IL N'Y AVAIT PLUS RIEN À EXPLORER
ET LES NÈGRES ETAIENT AU POUVOIR

BONS POLICIERS ?
OUI, MOI !
J'HABITAIS UNE FERME TRÈS PAUVRE EN ARDÈCHE
MON PÈRE EST MORT, ENDETTÉ.
QU'EST-CE QUE VOUS VOULEZ QUE JE FOUTE LÀ-BAS À CREVER DE FAIM ?

J'AI VENDU MA FERME POUR UNE BOUCHÉE DE PAIN.
JE L'AI VENDUE À DES HIPPIES.
MALGRÉ ÇA, JE N'EN VEUX NI AUX NÈGRES, NI AUX HIPPIES.
UN PETIT BLANC CASSIS, COMME D'HABITUDE ?
COMME D'HABITUDE...
TU FAIS UNE BELOTE, PAUL ?
LES CHOSES ONT BEAUCOUP CHANGÉ EN 15 ANS...

ET POURTANT, MOI, J'AI DE BONNES RAISONS POUR LEUR TAPER DESSUS...
J'ATTENDS LA RETRAITE EN REGAR=DANT LA TÉLÉ.
J'AIME BIEN LES FILMS DES ANNÉES 50. OÙ L'ON VOIT DES POLICIERS QUI NE SONT PAS DÉTESTÉS PAR TOUT LE MONDE
JE ME CONSOLE EN PENSANT QUE JE PROTÈGE LA VEUVE ET L'ORPHELIN...
MONSIEUR DASSAULT N'A PLUS SON PÈRE NI SA MÈRE.
ET MADAME DASSAULT SERA BIENTÔT VEUVE...

LES JUGES ONT LA PÉTOCHE
JE NE SIÈGE PLUS SANS MON CHIEN !
LES VIEUX À L'ABRI DES VOYOUS
LES CHAUFFEURS DE TAXI
NOUS LUTTERONS JUSQU'À LA VICTOIRE TOTALE !
DÉLINQUANCE : LES VIEILLARDS ONT PEUR LE SOIR
JE TRICOTE AVEC MES COUTEAUX
AH ! QUELLE ÉPOQUE ! ON ASSASSINE LES VIEUX ON DROGUE LES JEUNES
BRAVO LA POLICE !
C'EST QUAND JE SUIS BOURRE QUE JE TIRE LE MIEUX !

COMME CHAQUE ANNÉE, ON VA ENCORE NOUS REPROCHER DE MAL ACCUEILLIR LES TOURISTES
BEN MERDE ALORS !
ON DEVRAIT TOUJOURS MAL ACCUEILLIR LES TOURISTES !
CE SERAIT UNE ŒUVRE DE HAUTE CIVILISATION
BOUILLABAISSE
BIENVENUE !
WELCOME !
GLÜCKLICHE ANKUNFT !
UN PAYS QUI ACCUEILLE BIEN LES TOURISTES EST UN PAYS DE LÂCHES
OU DE SOURNOIS...
LES TOURISTES AVEC LEUR AIR NIAIS, LEURS GRANDES DENTS ET LEURS GROS CULS...
POLLUENT ET DÉTRUISENT PLUS QUE N'IMPORTE QUEL PRODUIT CHIMIQUE
→

RESTAURANT POUR TOURISTES : RESTAURANT OÙ ON BOUFFE MAL ET CHER.
SPECTACLE POUR TOURISTES : SPECTACLE DÉBILE
PLAGE TOURISTIQUE : PLAGE DÉGUEULASSE etc... etc...
EST-CE QU'ON A BESOIN D'ARRIVER DANS UN PAYS DÉGUISÉ EN TOURISTE ?
ON NE PEUT PAS ARRIVER PARTOUT AVEC LES MAINS DANS LES POCHES ?...
LE NEZ AU VENT, TRAÎNER DANS LES RUES COMME ON FAIT CHEZ SOI ?
LES SEULS TOURISTES CONVENABLES, C'EST LES COUPLES ILLÉGITIMES
ON LES RENIFLE À 100 MÈTRES
ILS ARRIVENT PAR DES MOYENS DE TRANSPORT DIFFÉRENTS
POUR PAS ÉVEILLER LES SOUPÇONS... GROS MALINS...

RASENT LES MURS DISCRÈTEMENT, SANS FAIRE DE BRUIT
HÔTEL
ET S'ENFERMENT TROIS JOURS DANS LEUR HÔTEL, BOUFFENT DANS LEUR CHAMBRE
ON NE LES VOIT JAMAIS ENCOMBRER L'ESPACE
VONT FAIRE UN PEU DE CINÉMA SUR LA PLAGE, HISTOIRE DE SE FABRIQUER DES SOUVENIRS...
ET REPARTENT TOUT AUSSI DISCRÈTEMENT
AVEC JUSTE LE PETIT COUP DE GUEULE DE RIGUEUR...
TU PARLES DU DIVORCE À TA FEMME ?
HEU... OUI... APRÈS LES VACANCES
APRÈS LES VACANCES, APRÈS LES VACANCES, ÇA FAIT DEUX ANS QUE TU DIS ÇA !
HI HI

SI SEULEMENT IL NE POUVAIT VENIR QUE DES COUPLES ILLÉGITIMES DANS CE PAYS...
RESIDENCE DU MIRAMAR
STUDIOS 2 P. 3 P.
ON N'AURAIT PAS DE CES RÉSIDENCES DÉGUEULASSES,
DE CES MARINAS DE MERDE!
RIEN QUE QUELQUES PETITS HÔTELS
PAS DE MARCHANDS DE SOUVENIRS
VOUS AVEZ DÉJÀ VU DES COUPLES ILLÉGITIMES ACHETER DES PHARES BAROMÈTRES?
VOUS AVEZ DÉJÀ VU DES COUPLES ILLÉGITIMES SE BALADER AVEC DES TRUCS COMME ÇA SUR UNE PLAGE?
ET LES RESTAURANTS NE SE LAISSERAIENT PAS ALLER...
IL EST BIEN CONNU QU'APRÈS LES PARTIES DE JAMBES EN L'AIR...
ON AIME LES CHOSES SUCCULENTES ET DÉLICATES

MOULES = CHIASSE
PELADE
VÉROLE
S'IL FALLAIT CROIRE TOUT CE QU'IL Y A D'ECRIT DANS LES JOURNAUX...

BIENTÔT LES VACANCES :
COMMENCEZ À BRONZER EN PARTANT AU BOULOT
DEMAIN JE FAIS LE DEVANT

CARAVANES :
LES CARAVANES FONT DÉPENSER À LA COLLECTIVITÉ DES SOMMES CONSIDÉRABLES QUI NE SONT COMPTABILISÉES NULLE PART
Caravaniers = égoïstes
ÇA C'EST BIEN VRAI !
JALOUX !
N'AVEZ QU'À TOUS ROULER EN CARAVANE
ÇA NE SE CACHE PAS, C'EST ÇA QU'EST TRISTE !
MÊME SANS SA CARAVANE, LE CARAVANIER EST ÉGOÏSTE, AVEC SA PETITE BOULE QUI SERT À ATTELER LA GROSSE BÊTE BLAFARDE ET QUI BOUZILLE LES PETITS PARE-CHOCS.

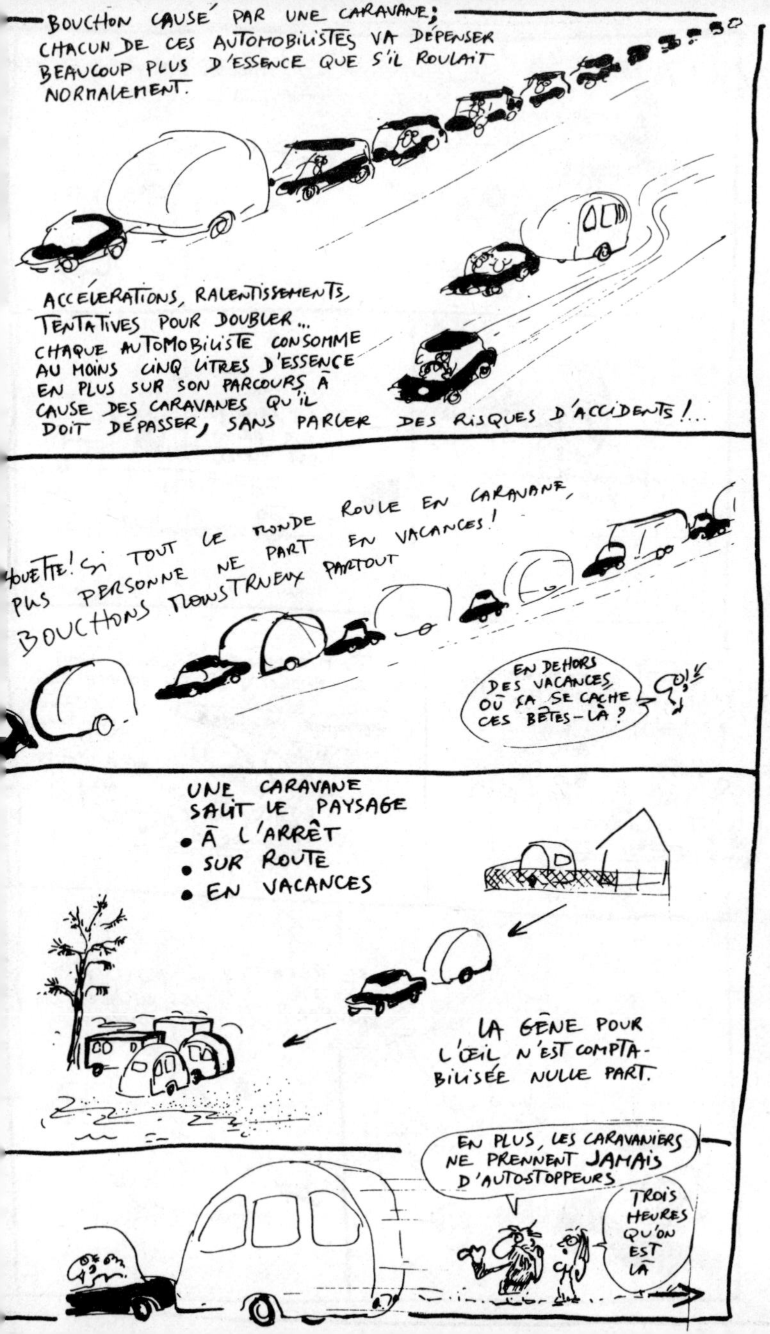
BOUCHON CAUSÉ PAR UNE CARAVANE; CHACUN DE CES AUTOMOBILISTES VA DÉPENSER BEAUCOUP PLUS D'ESSENCE QUE S'IL ROULAIT NORMALEMENT.
ACCÉLÉRATIONS, RALENTISSEMENTS, TENTATIVES POUR DOUBLER... CHAQUE AUTOMOBILISTE CONSOMME AU MOINS CINQ LITRES D'ESSENCE EN PLUS SUR SON PARCOURS À CAUSE DES CARAVANES QU'IL DOIT DÉPASSER, SANS PARLER DES RISQUES D'ACCIDENTS !...
OUETTE ! SI TOUT LE MONDE ROULE EN CARAVANE, PLUS PERSONNE NE PART EN VACANCES ! BOUCHONS MONSTRUEUX PARTOUT
EN DEHORS DES VACANCES, OÙ ÇA SE CACHE CES BÊTES-LÀ ?
UNE CARAVANE SALIT LE PAYSAGE
• À L'ARRÊT
• SUR ROUTE
• EN VACANCES
LA GÊNE POUR L'ŒIL N'EST COMPTABILISÉE NULLE PART.
EN PLUS, LES CARAVANIERS NE PRENNENT JAMAIS D'AUTOSTOPPEURS
TROIS HEURES QU'ON EST LÀ

OU ALORS PAR RUSE
REPOUSSANT, MÊME...
T'AS VU? LEUR FRIGO EST PLEIN!
QU'EST-CE QUE JE ME MARRE, AVEC TOI...
TU M'EMMÈNES TOUJOURS DANS LES ENDROITS OÙ ON BOUFFE BIEN
ET POUR PAS CHER
ON SE REFAIT UNE PETITE BOUFFE?
HOU LAAA... LES VIRAGES, ÇA ME TOURNE LE CŒUR

QUEL BEAU CUL ELLE A !
TU VIENS
SI AVEC LE CUL QU'ELLE A ON N'EST PAS PRIS... C'EST QUE JE DOIS ÊTRE SALEMENT MOCHE !
ON REPART !
PAS TROP TÔT
CLAP
HOOO! ILS ONT DE SACRÉES BOUTEILLES!...
C'EST PAS CON, LEUR SYSTÈME: ON BOUFFE
ON DÉPLIE
ON BAISE
ON BAISE?
HI HI HI HI
BEÛEÛÂÂÂRK!
T'ES PAS GENTILLE... SUR LES BEAUX COUSSINS DES GENS QUI NOUS ONT SI AIMABLEMENT REÇUS...
→

HOOO... JE SENS QUE MOI AUSSI...
J'AI ENVIE DE FAIRE CACA, MAINTENANT
Y A DES CHIOTTES, DANS LEUR TRUC ?
PASSER SES VACANCES DANS UNE TELLE ODEUR DE MERDE ET DE VOMI...
FAUT VRAIMENT AIMER LE CARAVANING !
VOUS ALLEZ VERS NÎMES ?
NON!

BEÛRÂÂRK
BEÛÂÂÂRK
C'EST DÉGUEULASSE DE VOMIR QUAND ON S'EST SAOULÉS AU VIN
AU POINT OÙ ON EN EST, PLUS LA PEINE DE SE GÊNER
CHIONS DANS LES LITS !
FAUT FAIRE ÇA AU MOINS UNE FOIS DANS SA VIE...
ATTENDS, ON VA ENCORE RIGOLER UN DERNIER COUP
LE JOUR OÙ ON PRENDRA DES AUTOSTOPPEURS, IL FERA CHAUD !
NIMES
LE TROIS D'AOÛT 75 A ÉTÉ LE PLUS CHAUD DEPUIS LA VOGUE DES CARAVANES
ON A BIEN FAIT DE L'ARROSER !
REISER

LE SCANDALE DES CONGÉS PAYÉS

Y'A DEUX CHOSES DRÔLES DANS LA VIE
LES CLOWNS AVEC DES CHAUSSURES TROP GRANDES

ET LES POMPIERS AVEC DES ÉCHELLES TROP PETITES
T'EN FAIS PAS, VAUT MIEUX UNE PETITE ET COURAGEUSE QU'UNE GRANDE ET PARESSEUSE

LES PAQUEBOTS, C'EST COMMES LES PÉDÉS, JE NE SUIS PAS D'ACCORD AVEC EUX
MAIS JE SUIS CONTENT QU'ILS EXISTENT
DEUX PÉDÉS QUI S'AIMENT : DEUX FEMMES DE PLUS POUR MOI
UN PAQUEBOT QUI S'EN VA : 2033 VIEUX CONS EN MOINS SUR LA TERRE FERME

12 JOURS À BANGKOK POUR 2400 FRANCS
ÇA M'INTÉRESSE PAS
10 JOURS À CEYLAN POUR 1600 FRANCS
ÇA M'INTÉRESSE PAS
8 JOURS À BEYROUTH POUR 1400 FRANCS
ÇA M'INTÉRESSE PAS
LES PYRAMIDES D'EGYPTE ?
NON

LES CHUTES DU NIAGARA ?
NON
LE POPOCATEPETL ?
NON
QU'EST-CE QUE C'EST QUE ÇA ?
LE 1er MAI À MOSCOU ?
NON
SUR LES PAS DE JESUS EN GALILÉE
NON
LA ROME ANTIQUE
LES FRESQUES DU TASSILI
LES ÎLES GRECQUES
NON

PAS DE CHANCE HEIN ?
REMARQUEZ... C'EST PAS QUE J'AI PAS ENVIE DE PARTIR... MAIS J'AI PEUR DE PAS REVENIR...
AVEC CES HISTOIRES DE CHARTERS

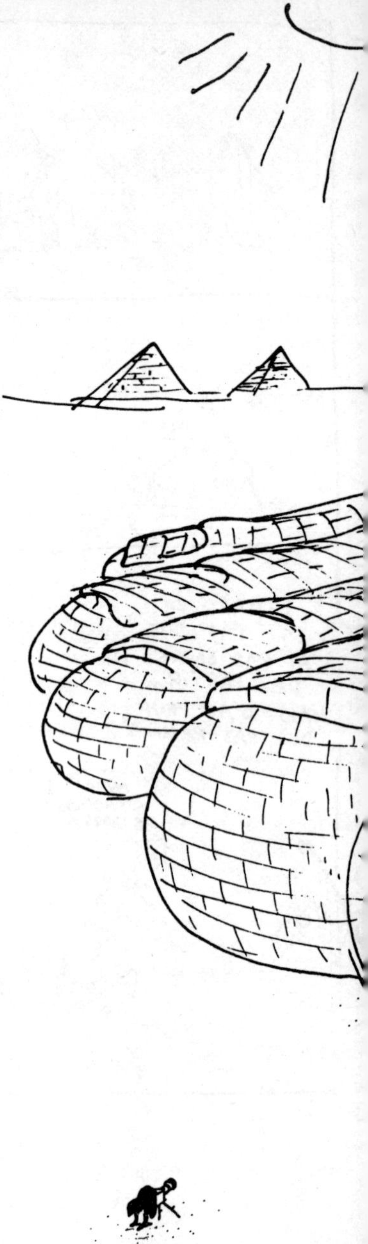

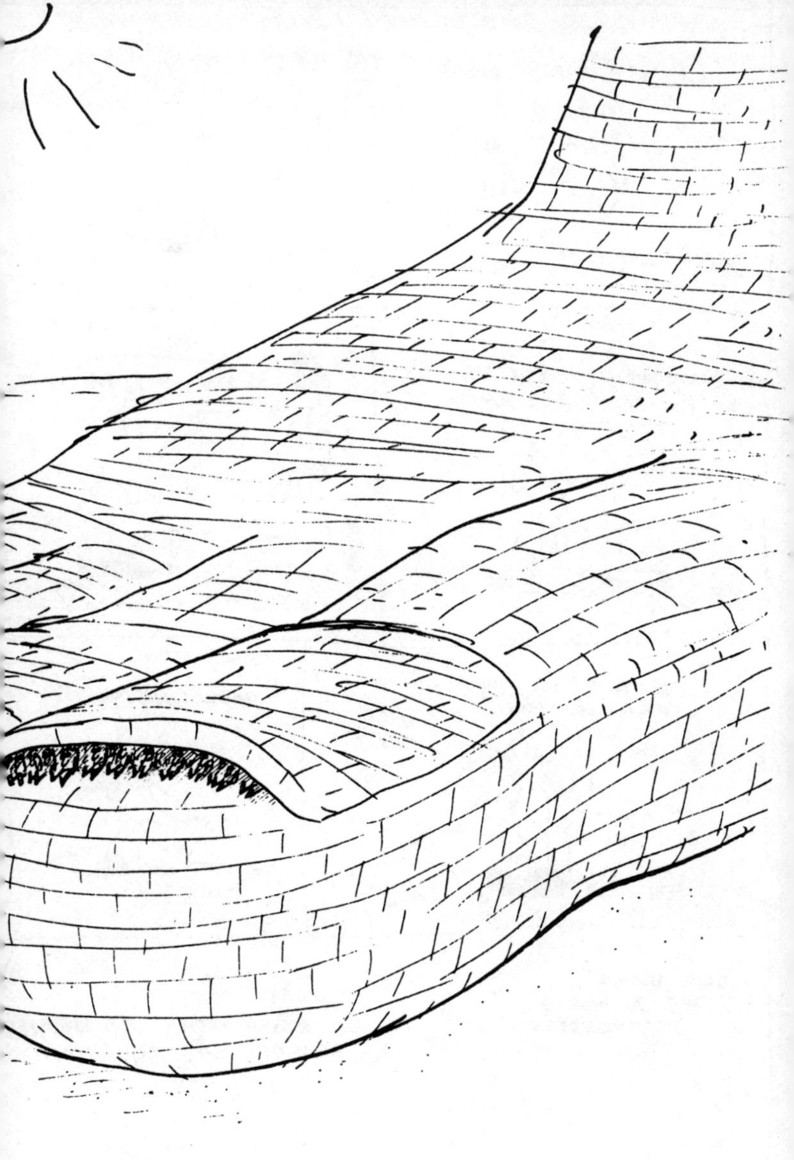

LES SEINS NUS SUR LES PLAGES
C'EST PAS DES AMENDES QU'ON DEVRAIT LEUR METTRE, C'EST DES SABOTS DE DENVER !
FINALEMENT, C'EST PAS SI EXCITANT QUE ÇA...
ON S'Y FAIT VITE
VIVEMENT LE JOUR OÙ ON VERRA LE POIL !
HÉ HÉ
DANS CINQ ANS
DES BRUNES, DES BLONDES, DES ROUSSES...
ON RECONNAÎTRA LES VRAIES BLONDES LÀ, ATTENTION !

ET PUIS, ON S'EN LASSERA...
MAIS CINQ ANS APRÈS... ELLES ÉCARTERONT LES CUISSES.
HÉ HÉ
ON EN VERRA, DES CHOSES...
ET PUIS, ON S'EN LASSERA AUSSI...
ALORS, ON IRA REGARDER ENCORE PLUS LOIN !

ON VERRA L'ESTOMAC.
L'ESTOMAC, C'EST PAS EXCITANT...
HOOO, APRÈS TOUT, ON N'EN SAIT RIEN...
UN ESTOMAC BIEN MAQUILLÉ, AVEC DES PORTE-JARRETELLES...

LES RATS FORNIQUENT AVEC LES POISSONS CREVÉS
AH! C'EST BEAU, LE PROGRÈS
LE PÉDALO À 6 FRANCS LA DEMI-HEURE
BOF, LA VIE EST COURTE!
FAUT EN PROFITER
LA FRANCE A SOIF
GARÇON! UN OS LIMONADE
SÉCHERESSE: LES MARCHANDS DE PARAPLUIES BARRENT LES ROUTES

Y'A PLUS DE SAISON
M'EN FOUS J'AI LE NEZ AU SEC

RENTRÉE
T'AS VU LE PRIX DES CARTABLES ET DES CAHIERS ?
FAUT LUI RACHETER DE TOUT, IL N'A PLUS RIEN À SE METTRE...
LE PRIX DU BUS AUGMENTE AUSSI
ET LA CANTINE ?
COMMENT ON VA FAIRE POUR S'EN SORTIR ?
ET SI JE NE RENTRAIS PAS EN CLASSE ?
TU VEUX TE TAIRE, PETIT VOYOU !
J'VEUX PAS QUE TU DEVIENNES UN OUVRIER COMME MOI !
J'AI LES MOYENS DE TE FAIRE FAIRE DES ÉTUDES...
TU FERAS DES ÉTUDES !
AH, SI T'AS LES MOYENS... BON, BON ! JE NE DIS RIEN !
HIN HIN

ET SI TU VAS PAS À L'ÉCOLE, ON NE TOUCHERA PLUS LES ALLOCATIONS FAMILIALES
À LA BONNE HEURE, JE VOUS PRÉFÈRE QUAND VOUS ÊTES FRANCS ET HONNÊTES !
SCHLÛÛÛÛP
D'UN AUTRE CÔTÉ, QUAND JE VOIS LE CARACTÈRE ET LES RÉPLIQUES QU'IL A À SON ÂGE...
JE ME DEMANDE SI ÇA VAUT LA PEINE DE LUI FAIRE FAIRE DES ÉTUDES POUR QU'IL RÉUSSISSE DANS LA VIE
REISER

NON À LA VIE CHÈRE...

TOUT À 1000 BALLES !

OBLIGATION DE TENIR LE BILLET À LA MAIN
QUE VAIS-JE M'ACHETER ?
1000
UNE BROSSE À DENTS ? UN MANTEAU DE VISON ?
1000
PLUS DE PAUVRES
PLUS DE RICHES
UN BIFTECK...
GROS OU PETIT ? C'EST LE MÊME PRIX.
1000
J'AI UNE MEILLEURE IDÉE
MERCI MON CHOU
1000
FINI MA JOURNÉE PAS LE DROIT DE GAGNER PLUS DE 1000 BALLES PAR JOUR
ACHÈTE UN GROS BIFTECK, ON PARTAGERA...
1000
UN ŒUF 1000 BALLES
UN BŒUF 1000 BALLES
PLUS PERSONNE NE VOLE D'ŒUFS
– UN TIMBRE 1000 BALLES
– UN COUP DE TÉLÉPHONE 1000 BALLES
– UN BILLET DE TRAIN 1000 BALLES
JE VAIS LA VOIR, C'EST LE MÊME PRIX QUE POUR LUI ENVOYER UNE LETTRE COCHONNE

UNE BOITE DE CACHOUS 1000 BALLES
UN KILO DE CAVIAR 1000 BALLES
DONNEZ-MOI UN KILO DE CAVIAR
Y'EN A PLUS
ALORS DONNEZ-MOI UNE BOITE DE CACHOUS
LES GENS DEVIENNENT SIMPLES
UN KILO D'HÉROÏNE 1000 BALLES
UN LITRE DE VIN ROUGE 1000 BALLES
DONNEZ-MOI UN KILO D'HÉROÏNE
Y'EN A PLUS
ALORS DONNEZ-MOI UN LITRE DE VIN ROUGE
ÇA FAIT LE MÊME EFFET
LES GENS NE SE DROGUENT PLUS
TOUS LES OUVRIERS SONT MILLIARDAIRES EN DEUX JOURS
UNE ROLLS 1000 BALLES
UN CIGARE 1000 BALLES
PLUS DE POLLUTION
1000 BALLES UN LITRE D'ESSENCE ?
MAIS TOUJOURS DES TAPEURS
T'AS PAS MILLE BALLES À ME FILER ?
REISER

ACCIDENTS DE CHASSE
CELUI-LÀ J'AI CRU QUE C'ÉTAIT UN CHEVREUIL
CELUI-LÀ, J'AI CRU QUE C'ÉTAIT UN SANGLIER

CELUI-LA, J'AI CRU QUE C'ÉTAIT UN GROS LIÈVRE
VOUS SAVEZ BIEN QU'IL N'Y A PLUS NI CHEVREUIL, NI SANGLIER, NI LIÈVRE DANS LA RÉGION DEPUIS LONGTEMPS!
BEN QUOI...
ON PEUT RÊVER...
ÇA FAIT DE MAL À PERSONNE

QUÊTE POUR LES HANDICAPÉS PHYSIQUES

J'EN VEUX PAS. JE NE VEUX PAS FAIRE DE PANIERS
TOUT LE MONDE FAIT DES PANIERS!
LES VIEUX LES ROMANICHELS LES TAULARDS LES DINGUES LES MÔMES LES MÉMÈRES LES HIPPIES LES BONNES SŒURS J'EN AI MARRE, DES MÉTIERS DÉBILES!
JE VEUX FAIRE UN VRAI MÉTIER
CHARCUTIER, AVOCAT, FONCTIONNAIRE, MANŒUVRE, DENTISTE, CUISINIER...
ET QU'ON ME LAISSE L'EXERCER LIBREMENT!
DESCENDEZ DANS LA RUE, RÉVOLTEZ-VOUS, CASSEZ LES VITRINES À COUPS DE BÉQUILLE!
ET OBLIGEZ LES PATRONS ET LES ADMINISTRATIONS À EMBAUCHER UN POURCENTAGE MINIMUM DE HANDICAPÉS PHYSIQUES!
NOUS, ON A TROUVÉ DU TRAVAIL!
C'EST FINI, CE BAZARD?
POLICE! SUIVEZ-NOUS.
C'EST UNE BLAGUE?
ET POURQUOI UN HANDICAPÉ NE POURRAIT-IL ÊTRE POLICIER?
REISER

ON RENCONTRE DE PLUS EN PLUS DE CHIENS DANS LES MANIFS
DES CHIENS POLICIERS, BIEN SÛR.
UN KÉPI C'EST CE QUI RESSEMBLE LE PLUS À UNE BOITE DE CANIGOU RENVERSÉE
SI DES POLICIERS ONT QUELQUES SCRUPULES À TAPER SUR DES NON-VIOLENTS, CES CABOTS N'EN ONT PAS POUR DÉVORER TOUT CE QUI NE PORTE PAS D'UNIFORME.
QUAND ON VEUT INTERDIRE À UNE MANIF D'AVANCER, IL FAUT TAPER DESSUS
ÇA LA FOUT MAL AUPRÈS DU PUBLIC
QUELS SALAUDS, CES FLICS
ON PEUT L'INTERDIRE D'UNE MANIÈRE PLUS EFFICACE AVEC DES CHIENS
ÇA SE PLAIDE BEAUCOUP MIEUX
FALLAIT PAS VOUS APPROCHER

LES AMIS DES BÊTES:
NE PAS OUBLIER QUE, BIEN DRESSÉS, CES BRAVES TOUTOUS PEUVENT RECHER=CHER DES MALFAITEURS DANGEREUX...
HO LÀ...
OUI MAIS... MAL DRESSÉS... VOUS PRENEZ N'IMPORTE QUEL CABOT, VOUS L'ENFERMEZ. DE TEMPS EN TEMPS, UN DRESSEUR, DÉGUISÉ EN HIPPIE...
VIENT LUI ADMINISTRER UNE SOLIDE RATION DE COUPS DE BÂTON À TRAVERS LES BARREAUX DU CHENIL
EN REVANCHE, COPIEUSE NOURRITURE TOUJOURS SERVIE PAR UN UNIFORME
C'EST LA LUTTE FINALE
DÈS QUE L'INTERNATIONALE RETENTIT, HOP! ON RETIRE LA PÂTÉE

EN MOINS DE DEUX, VOUS EN FAITES UNE BÊTE FAUVE PRÊTE À DÉVORER N'IMPORTE QUEL MANIFESTANT...
LA POIRE À POIVRE, PROCHAIN INSTRUMENT À EMPORTER DANS LES MANIFS
C'EST CRUEL POUR LES CHIENS!
ALORS, ON EMMÈNERA DES CHATS.
C'EST CRUEL POUR LES CHATS!
ALORS, ON EMMÈNERA DES CHIENNES EN CHALEUR
TU VIENS AVEC MOI À LA MANIF?
JE SUIS INDISPOSÉE
JUSTEMENT...
QUEL DOMMAGE QUE TU SOIS UNE DROGUÉE
TU SERAIS PAS MAL SI TU TE LAISSAIS POUSSER LES CHEVEUX

MESURES SUR L'IMMIGRATION
FAUT IMPORTER PLUS DE FEMMES!
IMMIGRATION:
IL FAUT NETTOYER LA FRANCE!
QUI ENGRAISSE LES CHÔMEURS ?
LES FUTURS CHÔMEURS
SPÉCIAL TIERCÉ
INFLATION GALOPE PLUS VITE QUE SALAIRE

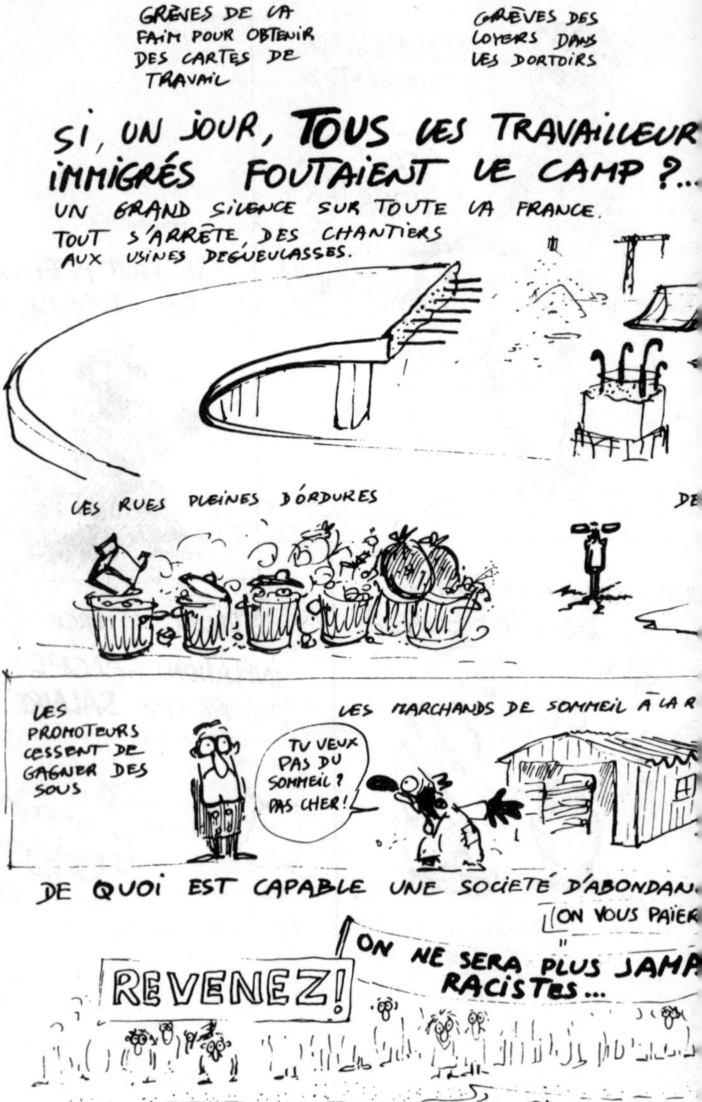
GRÈVES DE LA FAIM POUR OBTENIR DES CARTES DE TRAVAIL
GRÈVES DES LOYERS DANS LES DORTOIRS
SI, UN JOUR, TOUS LES TRAVAILLEUR
IMMIGRÉS FOUTAIENT LE CAMP ?...
UN GRAND SILENCE SUR TOUTE LA FRANCE.
TOUT S'ARRÊTE, DES CHANTIERS AUX USINES DÉGUEULASSES.
LES RUES PLEINES D'ORDURES
DE
LES PROMOTEURS CESSENT DE GAGNER DES SOUS
LES MARCHANDS DE SOMMEIL À LA R
TU VEUX PAS DU SOMMEIL ? PAS CHER !
DE QUOI EST CAPABLE UNE SOCIÉTÉ D'ABONDAN
ON VOUS PAIER
ON NE SERA PLUS JAMA RACISTES...
REVENEZ !

GRÈVE DES O.S CHEZ RENAULT
LES TRAVAILLEURS IMMIGRÉS DE PLUS EN PLUS MÉCONTENTS
TROUS PAS REBOUCHÉS PARTOUT.
DES ROUTES QUI NE MÈNENT NULLE PART.
LA MAIN-D'ŒUVRE À BON MARCHÉ ET PAS DIFFICILE DISPARAIT. TOUT AUGMENTE
ON S'APERÇOIT QUE LA SOCIÉTÉ D'ABONDANCE FONCTIONNE GRÂCE À CE PETIT PEUPLE BASANÉ QUI SE TERRE DISCRÈTEMENT DANS DES BOUGES LE SOIR VENU.
POUR NE PAS PERDRE SON ABONDANCE ?
BIEN
ON VOUS PRÊTERA NOS FEMMES
NOS SŒURS
NOS MÈRES
NOS FILLES
NOS GRAND-MÈRES
TERMINEZ AU MOINS MON PAVILLON

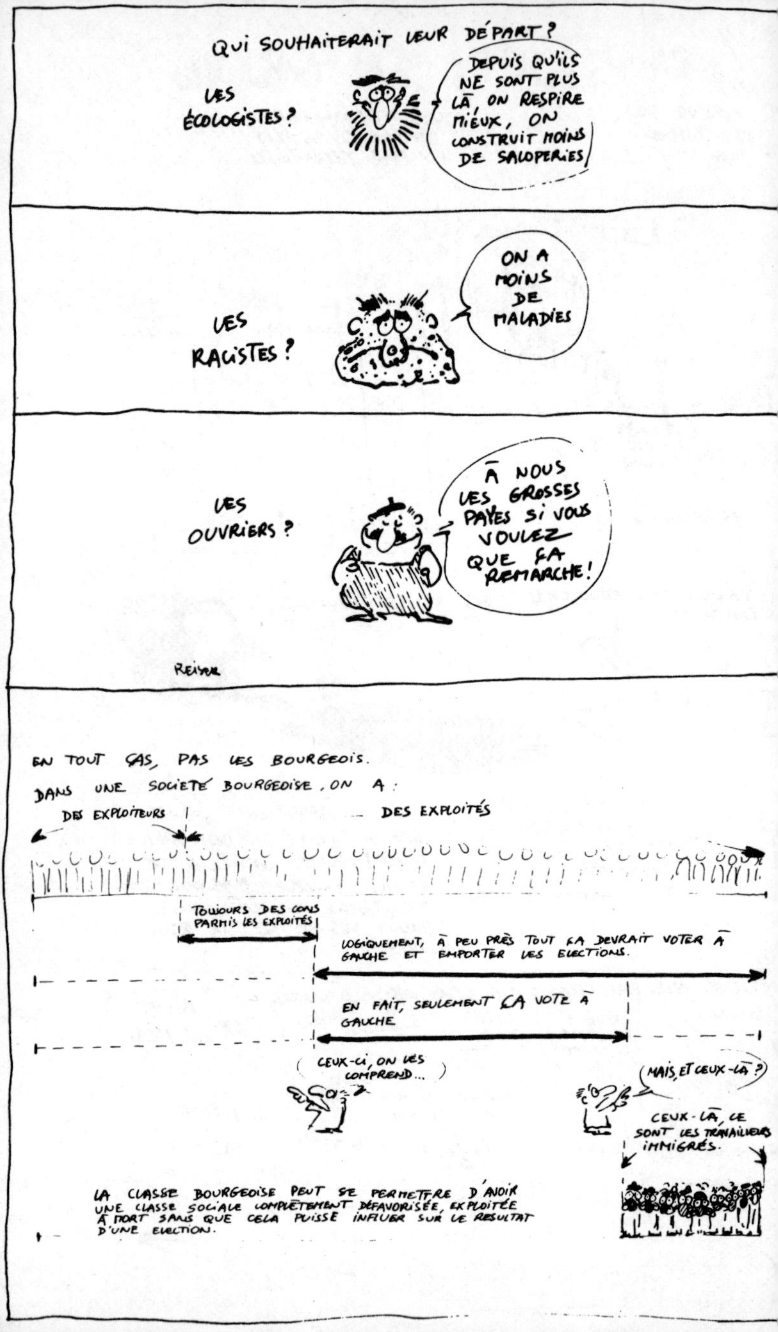
QUI SOUHAITERAIT LEUR DÉPART ?
LES ÉCOLOGISTES ?
DEPUIS QU'ILS NE SONT PLUS LÀ, ON RESPIRE MIEUX, ON CONSTRUIT MOINS DE SALOPERIES
LES RACISTES ?
ON A MOINS DE MALADIES
LES OUVRIERS ?
À NOUS LES GROSSES PAYES SI VOUS VOULEZ QUE ÇA REMARCHE !
Reiser
EN TOUT CAS, PAS LES BOURGEOIS.
DANS UNE SOCIÉTÉ BOURGEOISE, ON A :
DES EXPLOITEURS
DES EXPLOITÉS
TOUJOURS DES CONS PARMIS LES EXPLOITÉS
LOGIQUEMENT, À PEU PRÈS TOUT ÇA DEVRAIT VOTER À GAUCHE ET EMPORTER LES ELECTIONS.
EN FAIT, SEULEMENT ÇA VOTE À GAUCHE
CEUX-CI, ON LES COMPREND...
MAIS, ET CEUX-LÀ ?
CEUX-LÀ, CE SONT LES TRAVAILLEURS IMMIGRÉS.
LA CLASSE BOURGEOISE PEUT SE PERMETTRE D'AVOIR UNE CLASSE SOCIALE COMPLÈTEMENT DÉFAVORISÉE, EXPLOITÉE À MORT SANS QUE CELA PUISSE INFLUER SUR LE RESULTAT D'UNE ELECTION.

POSTIERS EN GRÈVE
SEULES, LES LETTRES D'AMOUR SERONT ACHEMINÉES
LE RESTE, POUR TROIS QUART DES FACTURES, AU PANIER !
HMMMM ÇA JE SENS QUE C'EN EST UNE.
VOYONS...
«... J'ESPÈRE TE VOIR DEMAIN SOIR, JE NE POURRAI TE DONNER DE BAISERS, SEULEMENT CARESSER TON BEAU VISAGE, TES YEUX, TES LÈVRES DE MON REGARD... »
UN AMOUR MALHEUREUX EN PLUS !...

DANS UNE ENVELOPPE TRÈS URGENT
FAUT QUE ÇA ARRIVE VITE!
COMMENT FAITES-VOUS POUR RECONNAÎTRE LES LETTRES D'AMOUR AU PIF ?
C'EST MON SECRET
AVEC LE MAIGRE SALAIRE QU'ON M'OCTROIE, JE N'AI PAS LES SENS ATROPHIÉS PAR LES GADGETS DE LA VIE MODERNE!

LES VIEUX DE LA POSTE
QUI A REMARQUÉ QUE LES POSTES DES GRANDES VILLES SONT TOUJOURS OCCUPÉES PAR DES VIEUX ?
L'ŒIL VIDE, L'AIR INQUIET, ATTENDANT...
TIENS, C'EST VRAI !
QU'EST-CE QU'ILS ATTENDENT ?
RIEN !
LA MORT
MAIS AU CHAUD
ET EN VOYANT DU MONDE
UNE POSTE, C'EST PAS UN ENDROIT TERRIBLE ?
ET UN REZ-DE-CHAUSSÉE FROID ET HUMIDE, C'EST MIEUX ?
ET IL Y A PARFOIS DE L'ANIMATION...
VOUS ALLEZ ME FAIRE REVENIR PARCEQUE J'AI OUBLIÉ MA CARTE D'IDENTITÉ ?!!
OUI MONSIEUR
PEUVENT PAS ACTIVER, NON ?
AH ILS N'EN FOUTENT PAS LOURD
LES PetT, C'EST PLEIN D'ANTILLAISES
J'IMAGINE DES BANANIERS
ET DES COUCHERS DE SOLEIL SUR DES PLAGES DE SABLE BLANC
POURVU QUE LES BUREAUX DE POSTE NE FERMENT PAS À CAUSE DE LA GRÈVE...

SOUTENEZ LEURS REVENDICATIONS!
REISER

TIRE-TOI D'ICI, C'EST MA POUBELLE!
PRIORITÉ À CELUI QUI A LES PLUS GROSSES DENTS!
PETIT ENFOIRÉ! IL ÉTAIT EN TRAIN DE VIDER UN RESTE DE BEAUJOLAIS EN TREMPANT SA QUEUE DEDAN!
STUPÉFIANT D'INTELLIGENCE, UN RAT...
PRESQUE AUSSI INTELLIGENT QU'UN CHIEN BÂTARD
POUR ÇA QUE VOUS NE VERREZ JAMAIS UN RAT OU UN CHIEN ENFERMÉS DANS UN ZOO
DANS LES ZOOS, IL N'Y A QUE DES TARÉS DE BELLE RACE QUI SE SONT FAIT PIÉGER
ZOO
ZZZ.
SÉLECTION DES ESPÈCES: LES PLUS BÊTES DISPARAISSENT
T'AS PAS UN BIEN GROS CUL, POUR UNE ALSACIENNE...
CIGOGNE
FAUT DIRE QUE LA CHOUCROUTE, C'EST PLUS CE QUE C'ÉTAIT!
TE FÂCHE PAS, JE T'AIME BIEN AVEC TES PATTES GRÊLES ET TON BEC À LA CON
OH! PARDON!
JE VAIS T'ACHETER UN PORTE-JARRETELLES AU DRUG-STORE!

EN PASSANT, UN PEU DE PORNO, AVEC CE GROS IMBÉCILE
AH! JE LA SENS, TA GROSSE QUEUE! OUI! JE LA SENS! C'EST BON C'EST BON CONTINUE! OH ELLE EST BONNE, TA GROSSE QUEUE!
TA GUEULE, MÉTÈQUE!
Z'AVEZ QU'À RETOURNER DANS VOTRE PAYS, SI VOUS N'ÊTES PAS CONTENTS!
ET LE PLUS CON DE TOUS, C'EST QUAND MÊME CELUI-LÀ
SUITE

ET IL A LA RÉPUTATION D'ÊTRE LE PLUS INTELLIGENT !
REGARDEZ-MOI ÇA ! FAIRE TROIS PAS ET ALLONGER LA TROMPE POUR SAISIR LA CACAHUÈTE LUI FONT DÉPENSER PLUS DE CALORIES QUE LUI EN APPORTERA LA CACAHUÈTE !
ET EN PLUS, IL REMUE LES OREILLES POUR DIRE MERCI
KAÏIIIIiiie
QU'EST-CE QUI SE PASSE ?
CHEF ! C'EST UNE BÊTE QUI S'EST INTRODUITE CHEZ L'ÉLÉPHANT !
KAÏIË
KAÏE
C'EST QUOI COMME BÊTE, CHEF ?
DEPUIS LE TEMPS QUE TU ES AU ZOO, TU NE SAIS PAS ENCORE ?

LE PRINTEMPS SERA CHAUD

UN AEROGLISSEUR S'EST RETOURNÉ
BIEN FAIT, UN DE MOINS
C'EST VILAIN COMME TOUT CES ENGINS-LÀ
RAAAAAAAA
ÇA FAIT AUTANT DE BRUIT QU'UN AVION ET ÇA VA MOINS VITE
COMME FORME, ÇA RAPPELLE LA BAGNOLE, L'ASPIRATEUR, LE CANAPÉ-LIT, LE RASOIR ELECTRIQUE
N'IMPORTE QUOI...
C'EST PLUS CHER QU'UN BATEAU MAIS C'EST MOINS CHOUETTE
ET ÇA NE TIENT PAS LE COUP DEVANT LES GROSSES VAGUES
BREF, C'EST AUSSI CON QU'UN PÉDALO, MAIS EN PLUS GRAND
BON DEBARRAS
Reiser

TIENS! SALUT, PAUL.
SALUT
UN CASA?
NON, UN VITTEL
JE NE BOIS PAS, AUJOURD'HUI
T'AS UNE CHAUDE PISSE?
NON
T'ES EN CURE DE DÉSINTOXICATION?
NON
C'EST PAS CHEZ JACQUES BOREL QU'ON S'INQUIÉTERAIT DE MA SANTÉ
UN CASA
LES POULETS N'ONT PLUS DE GOÛT
LES CAMEMBERTS N'ONT PLUS DE GOÛT
LA CHARCUTERIE N'A PLUS DE GOÛT
LES POMMES N'ONT PLUS DE GOÛT

SUPER MAR
ALIMENTATION
ET QUAND ON RENTRE DANS UN SUPER MARCHÉ ÇA PUE !
ALLEZ COMPRENDRE QUELQUE CHOSE..
REISER

TRAVAILLEZ PLUS
GAGNEZ MOINS
LE MIRACLE FRANÇAIS

LES PETITS ÉPARGNANTS PERPLEXES

LE BON TEMPS OÙ L'ON POUVAIT PISSER LE LONG DES ARBRES DANS LES VILLES
PUTAINS DE VILLES NOUVELLES
PLUS D'ARBRES !
C'EST PAS UN ARBRE, ÇA !
UN BÉBÉ, UN ARBRE, QU'ILS DISAIENT...
DES BÉBÉS, J'EN VOIS. MAIS DES ARBRES...

QU'À CELA NE TIENNE...
ON PISSERA SUR LES BÉBÉS
FAUT VIVRE AVEC SON TEMPS!

OU VA-T-ON S'ARRÊTER AVEC L'AVORTEMENT?
AUJOURD'HUI, ON TUE DES FŒTUS SOUS PRÉTEXTE QU'ILS SONT INDÉSIRABLES
DEMAIN, ON TUERA LES BOSSUS SOUS PRÉTEXTE QU'ILS NE SONT PAS NORMAUX
ET À PARTIR DE LÀ, C'EST L'ENCHAÎNEMENT INFERNAL!
APRÈS, ON TUERA LES AVEUGLES
ON TUERA LES SOURDS, LES MUETS
LES HANDICAPÉS MENTAUX
ON TUERA LES PETITS OU LES TROP GRANDS, LES DIABÉTIQUES LES PÂLOTS, LES ROUGEAUDS
ON FINIRA PAR TUER LES PIEDS BOTS!
LÀ CE SERA LA FIN DU MONDE! LE RÈGNE DE LA BARBARIE

MAIS NON,
VOUS LE TROUVEZ BEAU?
BEN... IL EST UN PEU FRIPÉ...
ET TOUT ROUGE
VOUS NE DEMANDEZ PAS L'AVIS DE SA MÈRE?
OOOH LÀ LÀ!
NON!
IL NE ME RESSEMBLE PAS BEAUCOUP...

MAIS NON...
JE SUIS D'ACCORD AVEC VOUS, C'EST PAS UNE AFFAIRE!
SI ON DEMANDE L'AVIS DES FEMMES, C'EST DES PALABRES À N'EN PLUS FINIR... MIEUX VAUT QUE CELA RESTE ENTRE HOMMES!
PAS LA PEINE D'AVOIR UNE SCÈNE DE MÉNAGE POUR SI PEU

TIENS! IL N'AURAIT PAS UNE JAMBE PLUS COURTE QUE L'AUTRE?
C'EST BIEN POSSIBLE
VOUS N'AURIEZ PAS UN MÈTRE?
MAIS... MAIS... REGARDEZ!
HOOOU! ON DIRAIT QU'IL NE VOIT PAS BIEN CLAIR...
ET ALORS? ON PEUT MENER UNE VIE NORMALE EN ETANT MYOPE?
NON NON NON!
PAS DE MIROS DANS MA FAMILLE!

ON NE VA PAS SE DÉPLACER POUR SI PEU...
VOUS NE M'AVEZ PAS LAISSÉ CONTINUER...
J'ALLAIS DIRE QUE C'ÉTAIT PAS LE MIEN...
RAISON DE PLUS POUR NE PAS LE PLEURER
À QUOI VOYEZ-VOUS ÇA ?
LÀ, LÀ ! REGARDEZ, CES TOUT PETITS YEUX DE MYOPE
VOUS N'ALLEZ PAS LAISSER SUPPRIMER CE PETIT ÊTRE PARCEQU'IL VOIT MAL ?
C'EST MON DROIT ! ON EST CIVILISÉS, NON ?

SAUVAGE!
Y'AURA TOUJOURS UNE JUSTICE!

HALTE À L'IMPORTATION DES BŒUFS ÉTRANGERS
ON VENAIT POUR LE CARNAVAL

MESURES SOCIALES:
DU RAT AU POT
TOUS
LES DIMANCHES

LES FRANÇAIS ONT FAIT LEUR CHOIX
JE VOTERAI POUR LE PLUS BEAU
JE VOTERAI POUR LE PLUS CON

SÉCHERESSE EN FRANCE : LES PRÉFETS INTERDISENT D'ARROSER. LES FLICS INTERVIENNENT.
LES FRANÇAIS N'AIMENT PAS LA POLICE, LA CONSOMMATION D'EAU NE BAISSE PAS.
AU CONTRAIRE !
SÉCHERESSE EN ANGLETERRE, LE GOUVERNEMENT LANCE UNE CAMPAGNE D'AFFICHES POUR PRENDRE LES DOUCHES À DEUX
BAD
GOOD !
C'EST CHARMANT ET ÉLÉGANT, LES ANGLAIS SONT DES GENS CIVILISÉS.
OUI, MAIS ILS NE SONT PAS RÉALISTES

UNE ANALYSE ÉCONOMIQUE MONTRE QUE PRENDRE UNE DOUCHE À DEUX NE DIVISE PAS LA CONSOMMATION D'EAU PAR DEUX
ELLE AURAIT MÊME TENDANCE À LA MULTIPLIER PAR DEUX
QUAND À LA CONSOMMATION DE SAVON, ELLE TRIPLE !
PAS ÉTONNANT QUE LA LIVRE STERLING DÉGRINGOLE
REISER

SI TU NE TE TAIS PAS, J'APPELLE LES GENDARMES !
TCHIIII

PÉNURIE

LA VIE EST CHÈRE

PÉNURIE :

APPRENONS À MOINS USER NOS CHAUSSURES

10 ANS, C'EST L'ÂGE IDÉAL POUR FAIRE SON SERVICE
À 10 ANS, ON S'INTÉRESSE AUX CHOSES DE L'ARMÉE
À 10 ANS, ON N'EST PAS POLITISÉ, ON AIME BIEN MARCHER AU PAS AVEC DES FUSILS EN BOIS
SERVICE MILITAIRE À DIX ANS !
JOUER À LA GUERRE DANS UNE HLM OU DANS UNE CASERNE...
PAN PAN PAN
ON AURAIT DES MANŒUVRES RÉALISTES
MON CHER, LES BLEUS ONT L'AVANTAGE...
AAAAHHHH
ATTENDEZ MON MOUVEMENT TOURNANT...
PLUS D'ENNUIS AVEC LES PARENTS! C'EST L'ÉPOQUE OÙ COMMENCENT LES FRICTIONS
ILS VONT TE MATER, ÇA TE FERA DU BIEN!
ET OÙ ILS COÛTENT CHER EN VÊTEMENTS
HOOO ÇA IRA JUSQU'AU RÉGIMENT...
DEPUIS QUE LE PETIT EST AU SERVICE, ON PEUT PRENDRE DES VACANCES EN AMOUREUX.
QUAND IL A 20 ANS AUSSI

OUI, MAIS QUAND IL A 20 ANS, ON EN A 10 DE PLUS !
ATTENDS UN PEU, ON N'EST PAS ASSEZ LOIN
LES ADJUDANTS RETROUVENT LEUR AUTORITÉ, N'ONT PLUS DE COMPLEXES, SONT AIMÉS DE LEURS "HOMMES"...
TOUT À COUP, JE CHOUFFE UN FELLOUZE DANS L'OUED ! PUTAIN DE MA MÈRE, AUSSI SEC CRAC ! MOI... JE SAUT SUR LE F.M
PLUS D'ENNUIS AVEC LES SURSIS NI LES OBJECTEURS DE CONSCIENCE
HÉ, SI TU PARS PAS À L'ARMÉE, C'EST QUE T'AS LA TROUILLE !
TU VEUX RESTER DANS LES JUPES DE TA MÈRE, DIS-LE !
ÇA COÛTERAIT MOINS CHER : DES CASERNES, DES LITS PLUS PETITS DES CHARS D'ASSAUT ENTRAÎNÉS PAR D MOTEURS DE MOBYLETTE
PT PT
NIVEAU TECHNIQUE ? À DIX ANS, ON SAIT SE SERVIR D'UN WALKY-TALKY ET DÉMONTER UN MOTEUR.
ON NE PEUT PAS FAIRE PILOTER DES AVIONS AUX ENFANTS DE DIX ANS !
ÇA, L'ARMÉE DE MÉTIER S'EN CHARGERAIT, COMME MAINTENANT.
DES SOLDATS DE DIX ANS NE PEUVENT PAS ARRÊTER UN ENNEMI.
?
ET DES SOLDATS DE VINGT ANS, ILS PEUVENT, EUX ?
BEN, ÇA...

LE VÉRITABLE ENNEMI QUE DOIT COMBATTRE L'ARMÉE FRANÇAISE, C'EST LE COMMUNISME.
ET LE COMMUNISME, ÇA SE COMBAT DE L'INTÉRIEUR, EN MODELANT LES ESPRITS À L'ÂGE OÙ ILS SONT MODELABLES : 10 ANS !

VIET-NAM
APRÈS LA GUERRE..
CIMETIERE AMERICAIN
REISER

MERDE ! SUPPRIMER L'ARMÉE FRANÇAISE...
VOUS N'Y PENSEZ PAS ?
C'EST DES IDÉES DE GAMINS
IRRESPONSABLES !
SÉRIEUSEMENT...
IMAGINEZ QU'ON N'AIT PAS EU D'ARMÉE FRANÇAISE EN 40...
BEN, LES BOCHES, ILS NOUS AURAIENT ENVAHIS !
ILS SERAIENT ARRIVÉS AVEC LEURS GROSSES BOTTES...
ET ILS AURAIENT FAIT CE QU'ILS AURAIENT VOULU !
C'EST MOI QUI VOUS LE DIS !
ET L'INDOCHINE ?
AH LA LA... S'IL N'Y AVAIT PAS EU L'ARMÉE, Y'A LONGTEMPS QUE L'INDOCHINE NE SERAIT PLUS FRANÇAISE !
L'ALGÉRIE, C'EST ENCORE PIRE !
SI, ON N'AVAIT PAS EU DES BIGEARD, DES MASSU...
MAIS LES FELLAGHAS AURAIENT FAIT CE QU'ILS AURAIENT VOULU !
ILS NOUS AURAIENT MÊME FOUTUS DEHORS, CES ENFOIRÉS !

JE VAIS MÊME VOUS DIRE UNE CHOSE...
LE JOUR... OÙ LES RUSSES DÉCIDERONT D'ENVAHIR TOUTE L'EUROPE...
ON SERA BIEN CONTENTS D'AVOIR UNE ARMÉE FRANÇAISE POUR LES STOPPER NET A LA FRONTIÈRE!
J'AI BEAU ÊTRE BOURRÉ, J'EN GARDE PAS MOINS UN JUGEMENT LUCIDE...
REISER

LES GÉNÉRAUX NE MOURRONT PLUS DANS LEUR LIT
ON VA LE NOYER
LES JEUNES N'AIMENT PLUS L'ARMÉE
POURTANT C'ETAIT LE BON TEMPS
L'UNIFORME REND CON!
EN CIVIL JE SUIS PIRE!
L'ESPACE LIVRÉ AUX CONS
AREU?
AREU

C'ÉTAIT BATH, L'ESPACE...
DU TEMPS DES JULES VERNE ET DES PREMIÈRES FUSÉES
ON NE RÊVE PLUS EN LES REGARDANT FAIRE LEURS ÂNERIES
ÇA DÉGÉNÈRE DE PLUS EN PLUS
ON EN EST AU SYMBOLISME LE PLUS NIAIS
POIGNÉE DE MAIN "LA PLUS CHÈRE DU MONDE" GNIN GNIN GNIN
CONNARDS!
AUSSI CONS QUE DES GAMINS À L'ÉCOLE
ET PUIS Y'A JAMAIS DE FEMMES DANS LEURS HISTOIRES À PART UNE
LES MINABLES!
SONT BÊTES
ÇA POURRAIT ÊTRE PLUS RENTABLE AVEC LES FEMMES
D'ABORD, UNE FEMME, C'EST MOINS LOURD QU'UN HOMME.
DONC ÇA COÛTERAIT MOINS CHER À METTRE EN ORBITE
DES HOMMES ET DES FEMMES EN ORBITE...
QUAND ON SAIT QUE LES MŒURS SE RELÂCHENT PROPORTIONNELLEMENT À LA DISTANCE QUI SÉPARE LES COUPLES DE LEUR PAYS...
ÇA SE VÉRIFIAIT AUTREFOIS SUR LES PAQUEBOTS
SITÔT FRANCHI LE CANAL DE SUEZ: CRAC! BOUM!
IMAGINE LE RELÂCHEMENT À DES MILLIONS DE KM DE CHEZ SOI...

ET DANS
L'APESANTEUR...
Ooo...
BEN, TU VOIS QUE
L'AVENTURE COSMIQUE
TE FAIT ENCORE RÊVER!

SALLE 1
SALLE 2
LES BAISEUSES
Les suceuses
ANNONCEZ VOTRE FILM !
LES BAISEUSES OU LES SUCEUSES ?
CAISSE
HEU... SALLE 1
LES BAISEUSES OU LES SUCEUSES ?
CAISSE
HEU... SALLE 2
LES BAISEUSES OU LES SUCEUSES ?
CAISSE
HEU...
SALLE 2
CAISSE
SI ON M'AVAIT DIT, IL Y A SEULEMENT DEUX ANS, QUE MON TRAVAIL CONSISTERAIT À DEMANDER HUIT HEURES PAR JOUR....

...LES BAISEUSES OU LES SUCEUSES ?
HEU...
SALLE 2
D'ABORD JE NE L'AURAIS PAS CRU, ENSUITE J'AURAIS GIFLÉ CELUI QUI AURAIT OSÉ ME PRÉDIRE ÇA
ET J'AURAIS AJOUTÉ :
LE JOUR OÙ ON ME PROPOSE ÇA, JE DÉMISSIONNE IMMÉDIATEMENT!
JE DEMANDE : « LES BAISEUSES OU LES SUCEUSES » À LONGUEUR DE JOURNÉE ET JE M'ACCROCHE COMME UN MORPION À MON TRAVAIL
VU LA CRISE
BANDE DE TARÉS, OBSÉDÉS VICIEUX, MALADES
LES BAISEUSES OU LES SUCEUSES ?
HEU...
SALLE 1
LES BAISEUSES OU LES SUCEUSES ?
HEU...
SALLE 1
LA SALLE DE CINÉMA EST DEVENUE LE RECEPTACLE DE TOUTE LA LIE DE LA SOCIÉTÉ
LES BAISEUSES OU LES SUCEUSES... À MON ÂGE...

MOI QUI AI REÇU UNE ÉDUCATION EXEMPLAIRE...
CATÉCHISME, 1ère COMMUNION, JE NE SUIS SORTIE TARD QU'À 19 ANS
ET C'ÉTAIT AVEC MON FIANCÉ !
ARRIVÉE VIERGE AU MARIAGE ATTITUDE IRRÉPROCHABLE ENVERS MON MARI
PAS CONNU D'AUTRES HOMMES
LES BAISEUSES OU LES SUCEUSES ?
HEU... HEU... SALLE 1
CAISSE
POURQUOI VOUS NE CHANGEZ PAS DE SALLE ?
ELLES SONT PORNOS À 60%
DEMAIN, ELLES LE SERONT À 90%
POURRIEZ DEVENIR CAISSIÈRE DE BOUCHERIE ?
BOUCHERIE ?
CAISSIÈRE DE BOUCHERIE, MOI ?
APRÈS AVOIR ÉTÉ CAISSIÈRE DE CINEMA ?
VOUS NE M'AVEZ PAS REGARDÉE !
REISER

CRISE DE L'AVIATION
VOUS VOYAGEZ POUR AFFAIRES ?
EUH... NON
VOUS VOYAGEZ EN TOURISTE ?
NON
VOUS VOYAGEZ POUR RAISONS FAMILIALES ?
NON
JE VOYAGE PARCE QUE JE SUIS AMOUREUX DE L'HÔTESSE DE L'AIR
AH
CELLE-CI ?
CELLE-CI
VOUS AVEZ BON GOÛT
JUSTE CE QU'IL FAUT COMME FESSES LES CHEVILLES RACÉES.. LE.. LES.. BIEN BIEN BIEN
ÇA DOIT VOUS COÛTER CHER EN VOYAGES?...
OUI
MAIS C'EST UN BON PLACEMENT
ÇA GAGNE BIEN SA VIE UNE HÔTESSE DE L'AIR... SI JE REUSSIS MON COUP, JE ME MARIE AVEC...
ET ALORS LÀ... MOI PEINARD, FINI LE BOULOT, JE RESTE À LA MAISON EN ATTENDANT LA BONNE PAIE
C'EST PAS CON COMME IDÉE!
MAIS TRÈS RISQUE COMME PLACEMENT

L'AÉRONAUTIQUE EST EN CRISE, RISQUE DE LICENCIEMENTS etc...
PAS SI TOUT LE MONDE FAIT COMME MOI !
AH ! C'EST VRAI
C'EST DÉLICAT MALGRÉ TOUT, RIEN NE PROUVE QU'ELLE PUISSE VOUS AIMER UN JOUR...
C'EST UN RISQUE À PRENDRE ET LA BOURSE, C'EST PAS RISQUÉ ? ET LES EMPRUNTS ? ET LE CAOUTCHOUC ? ET LES MINES DE CUIVRE ET LE SUCRE QUI MONTE ET QUI DESCEND !?
EVIDEMMENT
ET DANS MON PLACEMENT, J'AI UN ATOUT DE TAILLE...
MOI, JE L'AIME !
Z'ONT L'AIR FROIDES ET DISTANTES EN APPARENCE...
MAIS C'EST FOU CE QUE ÇA A BESOIN DE TENDRESSE, CES PETITES BÊTES-LÀ
CROYEZ-MOI ! LE MEILLEUR PLACEMENT DE NOTRE EPOQUE TROUBLÉE, C'EST LA PETITE FEMME QUI RAPPORTE GROS !
UN JOURNAL ? EXPANSION ? VALEURS FRANÇAISES ?...
NON, MERCI, ON A TROUVÉ CE QU'IL NOUS FAUT COMME PLACEMENT SÛR !

CONCORDE: ON VA RAJOUTER
OÙ ?
SUR LES SIÈGES ?
AU BOUT DES AILES ?
ON DEVRAIT OFFRIR DANS CET AVION DES PRESTATIONS ORIGINALES
QUOI, PAR EXEMPLE ?
DES CIGARETTES ? À BOUT DORÉ
DES CURE DENTS ?
DES HAMSTERS ?
DES PIPES !
PIPES ?
NON NON... CES HÔTESSES SERONT FOURNIES PAR SUD AVIATION ET BRITISH AIRCRAFT ET INCLUSES DANS LE PRIX DE L'AVION
QU'EST-CE QUE TROIS OU QUATRE PIPEUSES, MÊME BIEN PAYÉES, DANS LES 30 MILLIARDS DU PRIX DE CHAQUE APPAREIL ?
LES NOUVELLES HÔTESSES NE VONT PAS LEUR ANNONCER FROIDEMENT : « JE VAIS VOUS FAIRE UNE PIPE DE LA PART D'AIR FRANCE »
NON
ELLES S'APPROCHERONT DE CHAQUE PASSAGER, TACT ET SOURIRE DISCRET...
ET AU SUIVANT !
BEN OUI, MAIS... QUI EMPÊCHERA D'EN FAIRE AUTANT DANS LES AUTRES AVIONS ?

DES RESERVOIRS SUPPLEMENTAIRES
SUR LA TÊTE ?
C'EST PAS AVEC DES TRUCS COMME ÇA QU'ON LE VENDRA OU PAS
OUI... LES HÔTESSES, PENDANT LES TROIS HEURES DE VOL, FERONT DES PIPES
HOOO°
MONSIEUR L'ADMINISTRATEUR!
ÇA CHOQUERA UN PEU AU DÉBUT ET, ENSUITE, TOUT LE MONDE S'Y HABITUERA!
VOUS VOYEZ LA SWISSAIR PROPOSER ÇA ?
ON SUPPRIME LA CUISINE POUR GAGNER DE LA PLACE...
QUI PRÉFÉRERA UN VILAIN REPAS D'AVION À UNE BONNE PETITE PIPE ? PERSONNE!
ÇA
BIEN SÛR
VIS À VIS DES PASSAGERS... UNE CERTAINE DÉLICATESSE...
AAAAAH
ÉVIDEMMENT
«EXCUSEZ-MOI, MONSIEUR, IL SEMBLE QUE VOTRE CEINTURE SOIT MAL ATTACHÉE...»
WHAT ?
ET HOP! DANS LA FOULÉE...
WHAT ?
HIN HIN AIN
J'ATTENDAIS VOTRE QUESTION
VOUS VOUS ÊTES DÉJÀ FAIT FAIRE UNE PIPE DANS UN TROU D'AIR ?

ENCORE UNE COMPAGNIE QUI ACHÈTE CONCORDE

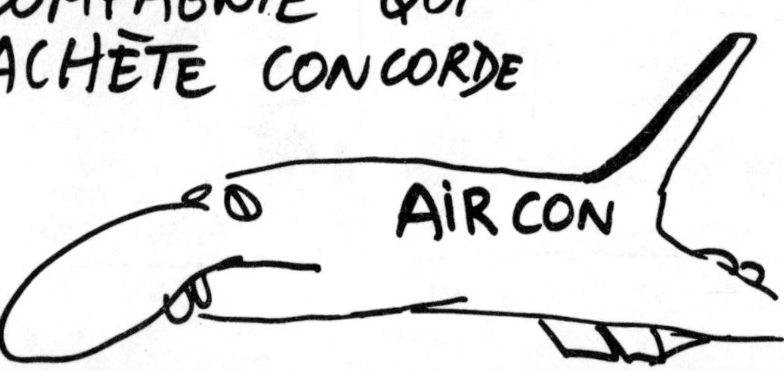

MARCHÉ DU SIÈCLE

DASSAULT CHERCHE À SÉDUIRE

NAVIGANTS D'AIR FRANCE EN GRÈVE... PERSONNE NE LES PLAINT.
PLAINDRE DES TYPES QUI GAGNENT DEUX MILLIONS PAR MOIS ?
C'EST PAS MON GENRE
MÊME À DEUX MILLIONS PAR MOIS, C'EST QUAND MÊME DES SALARIÉS ET QUI DÉFENDENT LEURS DROITS SYNDICAUX, PREUVE QUE, MALGRÉ LEUR FRIC, ILS NE SOMBRENT PAS DANS LA BOURGEOISIE ÉGOÏSTE
SI LES PILOTES ÉTAIENT MAL PAYÉS...
Z'AURAIENT DES FAMILLES NOMBREUSES
QU'EST-CE TU ME RAMÈNE DE NEW YORK ?
J'AI PAS DE SOUS
DE LA CONFITURE SUR MA CASQUETTE !
PEUX PAS FAIRE ATTENTION !
T'AS FINI DE TAP
LES MÔMES ?
ON IRAIT LES CHERCHER DANS LEURS BIDONVILLES EN CAMION À RIDELLES
ILS SERAIENT GROSSIERS AVEC LES AUTRES COMPAGNIES, SUR LES PISTES
T'AS RAISON, PASSE-LUI DEVANT LE PIF
TA GUEULE, ÉH, TÊTE DE NŒUD !
PAS QUE ÇA À FOUTRE
NOUS AUTRES !
JE DOIS ÊTRE À L'HEURE À CARACAS
FERAIENT DU TRAVAIL AU NOIR
J'AI UN CHANTIER QUI M'ATTEND À L'AUTRE BOUT DE LA VILLE

AIR FRANCE
ON EMBAUCHE PILOTES COPILOTES
QU'EST-CE QUE TU SAIS FAIRE ?
RIEN
TU SAIS FAIRE DU VÉLO
NON
ALORS TU SERAS CO PILOTE
TU SAIS, FAIRE DU VÉLO ?
OUI
ALORS TU SERAS COMMANDANT DE BORD
'EN AI MARRE D'AVOIR DES TACHES DE CONFITURE, DE LAIT, DE BOUILLIE DE SAUCE TOMATE...
J'AI AUTRE CHOSE À FOUTRE
QU'EST-CE QUE TU FOUS, TU DÉVISSES DES CADRANS ?
C'EST POUR MON MÔME
JE VAIS LUI METTRE ÇA SUR SON GUIDON DE VÉLO POUR NOËL AVEC DES BOUTS DE CARTON DANS LES RAYONS POUR FAIRE DU BRUIT, IL AURA L'IMPRESSION D'AVOIR UNE MOTO ET ÇA NE ME COÛTERA PAS UN ROND
ET QUI C'EST QUI SE FERA ENGUEULER SI IL MANQUE DES CADRANS ? C'EST MÉZIGUE !

LES HÔTESSES AURAIENT MAUVAIS GENRE
SALUT, COCO, L'ÉQUIPAGE DEMANDE SI VOUS POURRIEZ LEUR PRÊTER DIX DOLLARS, VOUS LES RENDRONT À LA FIN DU MOIS
LA DERNIÈRE FOIS ILS SE SONT SAOULÉS AVEC
Z'ONT RIEN VOULU NOUS FILER? LES ENFLURES!
BON!
À L'ESCALE, ON LEUR PIQUE UNE VALISE QU'ON REVEND VITE FAIT.
AVEC LES RONDS, ON S'ACHÈTE DU WHISKY FREE TAX ...
ET ON SE PAYE UNE MUFLÉE!
ET C'EST L'ACCIDENT STUPIDE DU CÔTÉ DES MEMBRES DE L'ÉQUIPAGE, C'EST PAS JOLI À VOIR.
SLIPS DOUTEUX PENDUS AUX ARBRES
CHAUSSETTES REPRISÉES
MAILLOTS DE CORPS ÉLIMÉS
FRANCHEMENT... ÇA LA FOUTRAIT MAL...

TUNIS
ARRIVÉE
J'AIME BIEN CES GODASSES
ÇA A DÛ FAIRE SENSATION CET ÉTÉ DANS LES BLEDS D'AFRIQUE OÙ CES MIGNONNES ONT DÉBARQUÉ
SEULEMENT, ÇA A DÛ DONNER DES IDÉES AUX PETITES NANAS DU COIN
D'ACCORD, DANS LES PAYS ARABES, LES HOMMES FONT LA LOI
MAIS IL Y A SÛREMENT DES EXCEPTIONS
ET ON PEUT ÊTRE CERTAIN QUE QUELQUE PART...
DANS UN BLED EN AFRIQUE
ON A VENDU UN CHAMEAU POUR ACHETER DES CONNERIES COMME ÇA!
TU VAS AVANCER, GRAND CON!
ON VIT UNE ÉPOQUE FORMIDABLE!
REISER

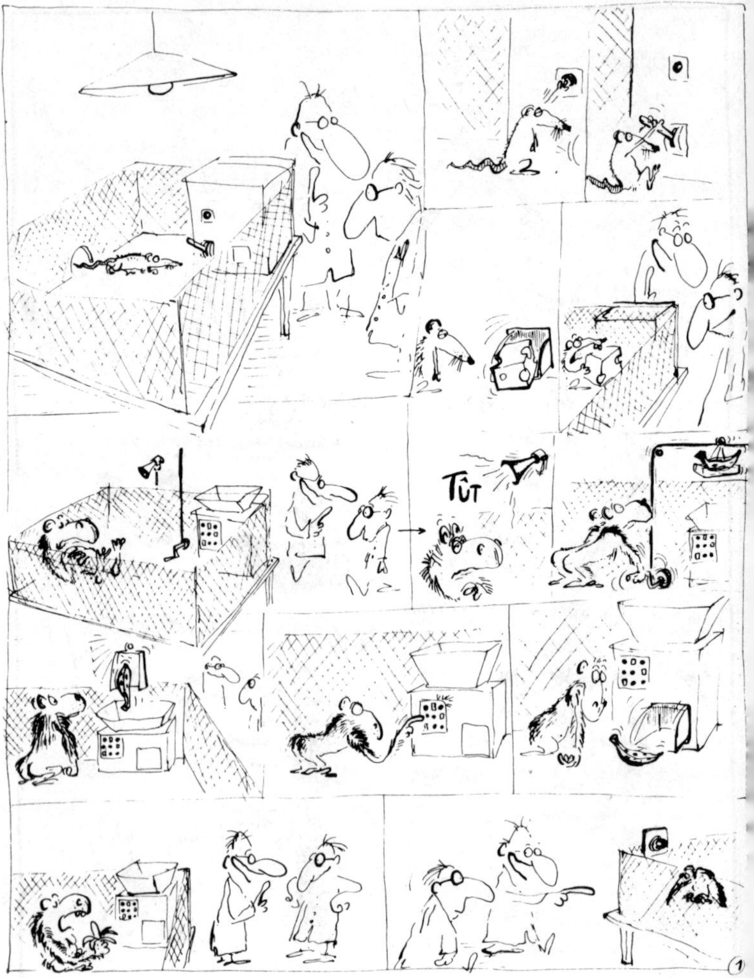
TÛT

clic clic clic clic
café
café
café
café
café
café
REISER
2

LES PRODUCTEURS DE LAITUES DE SERRE DE L'EST DE LA FRANCE SONT CATASTROPHÉS PAR LA HAUSSE DES PRIX DU PÉTROLE...
LE MONDE
LEUR FAUT UN LITRE DE FUEL POUR FAIRE POUSSER UNE LAITUE EN PLEIN HIVER!...
UN LITRE DE FUEL POUR UNE SALADE!
DU COUP, JE ME METS À AIMER LES LAITUES... GENTILLES PETITES PLANTES...
LAITUE 2F
ÇA N'A L'AIR DE RIEN À PREMIÈRE VUE, TOUTE PÂLOTE ET FRAGILE...
TRIPOTEZ PAS! C'EST DÉLICAT COMME SALADE
FONT PENSER AUX PETITES BONNES FEMMES DE RIEN DU TOUT QUI BOUFFENT COMME QUATRE ET DÉPENSENT COMME SIX
EXPERIENCE : VOUS PRENEZ UN LITRE DE FUEL.
FAITES-LE BRÛLER

VOUS SEREZ ETONNÉ DES ENORMES MOYENS QUE L'HOMME MODERNE MET EN ŒUVRE...
... POUR FAIRE POUSSER CETTE PETITE CHOSE BLÊME ET INSIPIDE EN PLEIN HIVER
QUAND, EN PLUS, ON SAIT QUE CE LITRE DE PÉTROLE A FAIT 7000 Km...
DANS DES, PIPE-LINES, POMPES, PETROLIERS, WAGONS RESERVOIRS etc...
ET QU'ON EST PRÊT À S'ETRIPER POUR QU'IL ARRIVE À BON PORT... ON MANGE SA SALADE DE BON APPETIT!
FAUT SAVOURER L'INSTANT QUI PASSE...
UNE CIVILISATION COMME ÇA, ON N'EN FERA PAS DEUX SUR CETTE PLANÈTE!
REISER

DISTRIBUTEUR
DE PAPIERS GRAS

KEISER

JE SENS QU'O
NE VA PAS S'ENNUYE
BOB!
BOB EST VENU AVEC SA GUITARE!
JOUE-NOUS QUELQUE CHOSE!

HÉ! HÉ! LA SOIRÉE S'ANNONCE PROMETTEUSE...
D'OÙ SORT-IL, CELUI-CI ?

UNE MINUTE IL FAUT QUE J'ACCORDE
CLIG GLIC
TIG TIG TIG TIG TIG TI..
TIG TIG TIG TI..
TIII TIII
HO, C'EST JOLI, ÇA...
C'EST LA MUSIQUE DE "JEUX INTERDITS"

C'EST FOUTU, TERMINÉ, RÂPÉ. ÇA DÉGÉNÈRE EN SOIRÉE-GUITARE...
... À CAUSE DE CE SALE BARBU VISQUEUX...
...PLUS RIEN À ESPÉRER!
SI ENCORE IL JOUAIT BIEN... MAIS IL VA MASSACRER BRASSENS ET FERRÉ TOUTE LA SOIRÉE ET ON AURA DROIT À "JEUX INTERDITS"!
QU'EST-CE QUE JE DISAIS...
RESTE PLUS QU'À ME SOÛLER LA GUEULE TOUT SEUL DANS MON COIN

AH! LE VILAIN CON.
M EN SOUVIENDRAI!

BON! C'EST BIEN BEAU, TOUTES CES CONNERIES, MAIS QUAND EST-CE QU'ON BAISE ?
SALETÉ DE GUITARISTES
ET FAUDRAIT LEUR DONNER DES SOUS QUAND ILS JOUENT DANS LA RUE...
PEUVENT CREVER LA GUEULE OUVERTE, OUI !
REISER

CETTE ANNÉE, POUR NOËL, VOUS AUREZ LE DROIT DE VOIR MON CUL
C'EST CE QUI SE FAIT DE PLUS PRATIQUE COMME DEGUISEMENT POUR RONGER LES PETITES OREILLES...
NOËL
PENSEZ À CEUX QUI ONT FAIM !
PLUS J'Y PENSE, PLUS J'AI FAIM...
NOUVELLE TÉLÉ
UN FRANÇAIS SUR DEUX SATISFAIT

NOËL :

J'AI REGARDÉ LA MESSE DE

MINUIT À LA TÉLÉ

ALORS TU FAIS TOUT DÉPLACER PENDANT UNE HEURE ET APRÈS ÇA TU DIS QUE TU T'EN FOUS !?
JE T'AI RIEN DEMANDÉ !
ELLE EST BIEN TOUJOURS AUSSI CON, TA BONNE FEMME !
HO, DIS... HÉ HÉ HÉ...
N'EMPÊCHES QUE SI GINETTE AVAIT ÉTÉ MOINS CON, ON AURAIT PASSÉ UN BON NOËL !...
REISER

BROADWAY
TIENS, SI ON FAISAIT L'AMOUR ?
POURQUOI PAS ?
ÇA TE FAIT 2 F 30
JE CROIS QU'ENTRE NOUS, ÇA MARCHERA PAS MAL.
BON ON GROUILLE, PARCE QUE... À HUIT HEURES, J'AI UN POTE QUI VIENT ME VOIR POUR UN TRACT.
QU'EST-CE QUE T'ES ? VAGINALE OU CLITORIDIENNE ?
HEU...
T'EN SAIS RIEN ! COMME LA PLUPART DES FILLES, D'AILLEURS...
T'AS PAS À TE BILER, JE SAIS Y FAIRE AVEC L'UNE COMME AVEC L'AUTRE...
IL EST ÉVIDENT QU'AVEC UNE CLITORIDIENNE, ON SE DÉBROUILLE TOUJOURS...

TANDIS QU'UNE VAGINALE, HEIN? PAS DE PROBLÈME, FAUT Y ALLER
ET À FOND!
MAIS JE TE RÉPÈTE, JE CROIS QU'ENTRE NOUS, ÇA MARCHERA PAS MAL...
PHYSIQUEMENT, ON SE PLAÎT!
J'AI UN Q.I UN PEU PLUS ÉLEVÉ QUE LE TIEN, MAIS C'EST L'IDÉAL ENTRE UN MEC ET UNE NANA.
BEN VOYONS
TU PERMETS? JE PASSE LE PREMIER, TRIPOTER LES FESSES DE LA NANA EN MONTANT L'ESCALIER, ÇA FAIT VIEUX JEU
J'AIME BIEN LES BIJOUX 1900...
QUOI?
RIEN
AH, UN DÉTAIL À NE PAS OUBLIER : TU CRIES QUAND TU JOUIS?
HEU...
ÇA DÉPEND
AVEC MOI, TU VAS SÛREMENT CRIER
ALORS, JE VAIS T'EXPLIQUER.

C'EST UN TRUC QUI ME GÊNE, PARCE QUE À CÔTÉ, J'AI UN COPAIN QUI CRÈCHE
ON ENTEND TOUT A TRAVERS LA CLOISON
C'EST UN MEC QUI N'A JAMAIS DE NANAS, JAMAIS UNE !...
POUR MOI, C'EST DÉLICAT : AMENER DES TAS DE NANAS ICI ET LES FAIRE GUEULER...
PAS POSSIBLE... C'EST UN SERGENT RECRUTEUR DU M.L.F
ALORS QUE LUI... CEINTURE ! TU ME DIRAS : « VIEUX FOND DE CHARITÉ CHRÉTIENNE À LA CON »
ET POURQUOI IL N'A PAS DE SUCCÈS ?
PARCE QUE LES FILLES SONT DES SALOPES !
ELLES DISENT QU'IL A LES DENTS POURRIES, QU'IL PUE DE LA GUEULE, ET QU'IL A DU BIDE...
DES FILLES QUI SE DISENT LIBÉRÉES...
J'AIME ÇA !
TU TE DÉLOQUES PAS ?
AH ! C'EST VRAI, TON COPAIN QUI VA VENIR À HUIT HEURES

ON SE LAVE PAS HEIN ?...
T'ES BIEN ROULÉE T'AS DES FESSES DE CLITORIDIENNE.
QU'EST-CE QUE JE FAIS ? JE PLEURE, JE FOUS LE CAMP OU JE RIGOLE ?
BEN ALORS ?..
EXCUSE-MOI... UN BLOQUAGE
TU LUBRIFIES PAS ?
ÇA ARRIVE.
ATTENDS, J'AI CE QU'IL FAUT.
TE FORCES PAS, ÇA VA MIEUX POUR MOI, MAINTENANT...

T'AVOIR VU FORCER SUR LE TUBE DE VASELINE, ÇA M'A EXCITÉE...
T'ES UNE MARRANTE, TOI HEIN ?
T'ES UNE MARRANTE
ON VA BIEN SE MARRER.
HMMM ! JE CROIS QUE T'ES UNE VAGINALE...
LE CLITO EST MAUSSADE.
HMMM OUI OUI
T'ES MÊME UNE VAGINALE LENTE...
C'EST CE QUI DONNE LES FEMMES LES PLUS ÉPANOUIES
BON, ON VA AMUSER LE COPAIN D'À CÔTÉ, SINON, ON VA JAMAIS EN FINIR
AAAH AAAAAH

AHHAAAHA
JE JOUIS !
HOOOU HOÛOÛ C'EST MERVEILLEUX !
C'EST LUMINEUX ÇA FAIT DES BULLES !
MERDE... MON POTE...
C'EST ROUGE ! C'EST BLEU ! C'EST VERT !
CHÛT
C'EST BRADWAY !
CHÛÛÛT
AAAAAAAAAAAH
LES VAGINALES, QUEL BOUCAN !
MERCI MON CHÉRI
Y'A PAS DE QUOI MAIS QUAND MÊME...
T'AURAIS PU PENSER À MON COPAIN

J'T'AVAIS PRÉVENUE, POURTANT T'ES PAS SYMPA...
NON MAIS, DIS-DONC ! JE NE VAIS PAS RETENIR MES EMOTIONS POUR UNE VINGTAINE DE DENTS POURRIES ET UN GROS BIDE
MERDE, MON POTE EST LÀ
HEU... SALUT...
SALUT !
VOYONS L'ÉNERGUMÈNE...
SÂÂÂÂÂLOPE
SALUT !
BROADWAY...

HMMMF HMMMF
HMMMF HMMMF
C'EST BROADWAY!
REISER

MOI, DROGUÉ ?

Cet ouvrage a été reproduit
et achevé d'imprimer par l'Imprimerie Floch
à Mayenne le 2 avril 1990.
Dépôt légal : avril 1990.
1er dépôt légal dans la même collection : février 1978.
Numéro d'imprimeur : 29280.

ISBN 2-07-037005-4 / Imprimé en France.

49220